GENEZ《ジーンズ》-1

MAKOTO FUKAMI + MEBAE

AINAITSUKUSHIMA【厳島アイナ】
AYAHANATSUTSUMI【堤彩離】
KENGOTAIGA【大牙謙吾】
MULTIPEDARMOUR【マルチピード・アーマー】

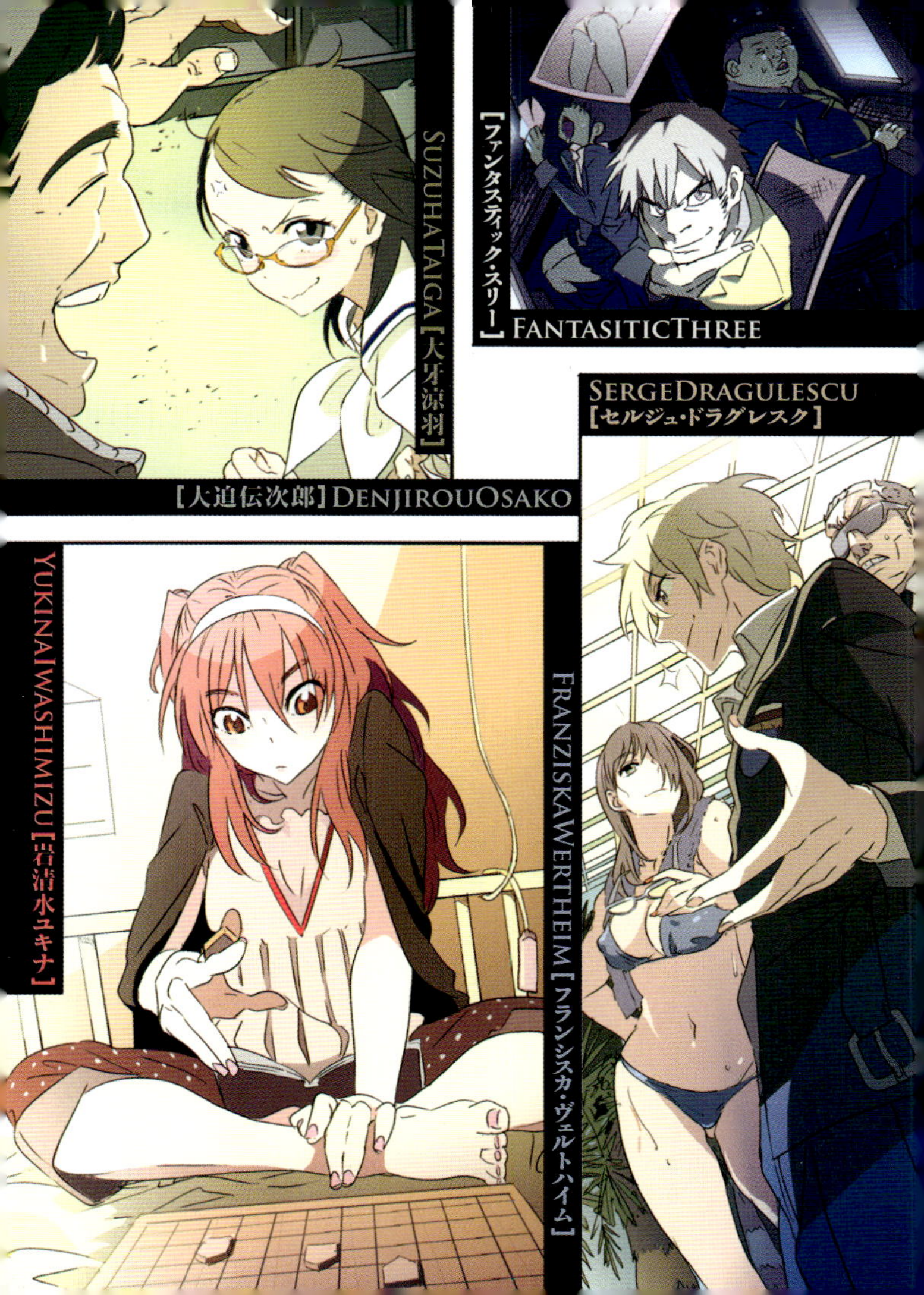
SuzuhaTaiga【大牙涼羽】
【ファンタスティック・スリー】FantasiticThree
SergeDragulescu
【セルジュ・ドラグレスク】
【大迫伝次郎】DenjirouOsako
YukinaIwashimizu【岩清水ユキナ】
FranziskaWertheim【フランシスカ・ヴェルトハイム】

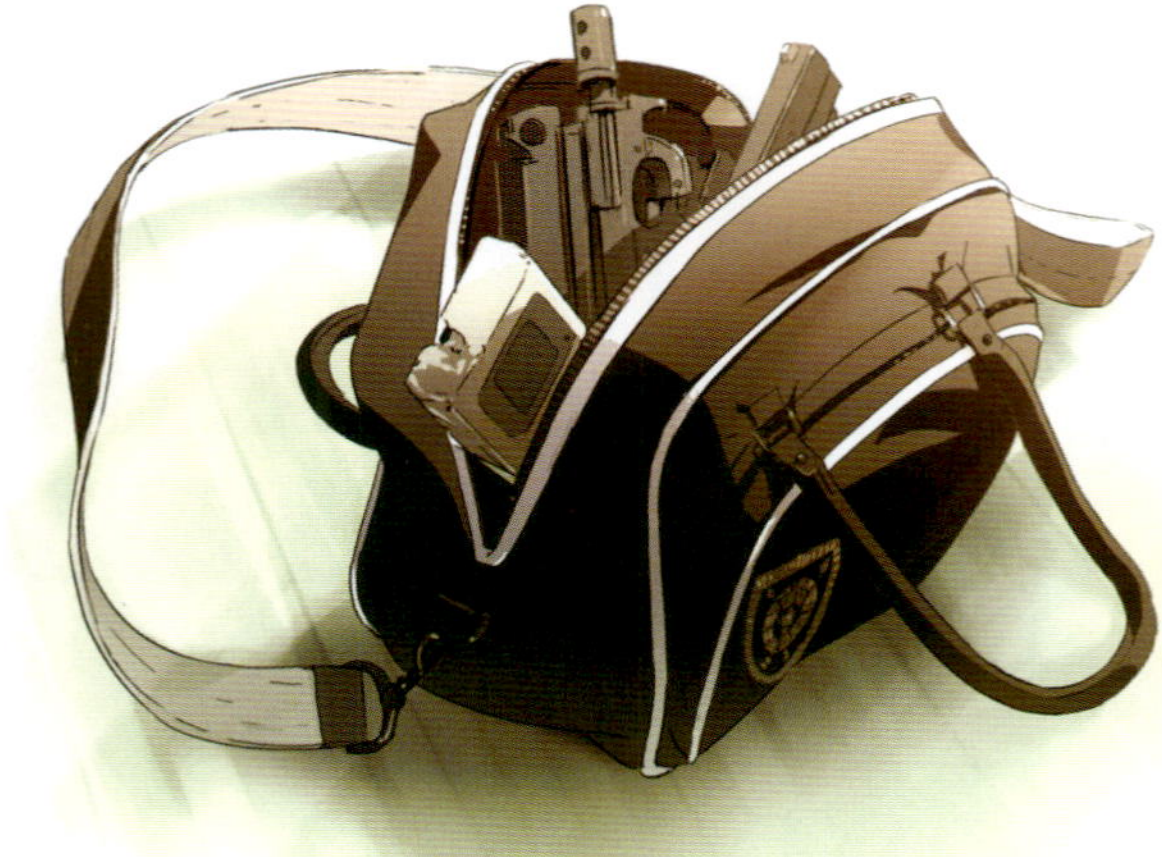

「お兄ちゃん……」

涼羽は泣き止んだ。

大牙兄妹は、別れる際にある約束をした。

――お互い、強くなって強く生きよう。

そんな約束だ。

GENEZ-1
ジーンズ

深見 真

ファンタジア文庫

1549

口絵・本文イラスト　mebae
口絵・本文デザイン　伸童舎

DRAMATIS PERSONAE

大牙謙吾
Kengo Taiga
海神学園特進クラスに通う少年兵。無類のゲーム好き。

岩清水ユキナ
Yukina Iwashimizu
古武術の道場を経営する家に育つ。大牙兄妹の幼なじみ。

堤 彩離
謙吾のチームメイト。体力はあるが頭のネジはゆるみ気味。

セルジュ・ドラグレスク
Serge Dragulescu
ルーマニア出身だが関西弁で話す少年。謙吾のケンカ友達。

Aina Itsukushima
厳島アイナ
マイセンの紅茶セットを愛する、海神学園の高等部学長。
Franziska Wertheim
フランシスカ・ヴェルトハイム
ヨーロッパの小国、ヴェルトハイム公国の公女。
Suzuha Taiga
大牙涼羽
天才的なIQをもつ謙吾の妹。フランシスカの家庭教師。
Greeks
グリークス
海神学園を管理する民間軍事会社《PMC》。全身鎧「GENEZ《ジーンズ》」を開発。
Babylon Medicine
バビロン・メディスン
グリークスのライバル会社。強化外骨格「マルチピード・アーマー」を開発。
死体は虐待に復讐しない
「地獄の格言」ウィリアム・ブレイク
From The Marriage of Heaven and Hell
——"Proverbs of Hell" By William Blake

プロローグ

広い敷地《しきち》と自由な校風――。

私立海神《わだつみ》学園高等部の校舎は、背の高い常緑樹林に囲まれている。常緑樹は落葉樹と違《ちが》い、一年を通してずっと葉をつける。深い緑色の葉が鬱蒼《うっそう》と茂《しげ》る林は、この学校に通う生徒たちから「まるで城壁《じょうへき》だ」と思われている。葉が落ちることなく枯《か》れることもない、海神の城壁。

六月の陽射《ひざ》しが常緑樹林を抜《ぬ》けて高等部の教室に届く。まだ夏には早いのに気温は三〇度を超《こ》えた。教室にはエアコンが完備されているが、フィルターの清掃《せいそう》が終わっていないのでつけることができない。湿気《しっけ》が強い真夏日のけだるい午後。こんな日には健康な男子高校生なら眠《ねむ》くなるものだ。

昼休みも終わりに近づいた頃《ころ》、だらけた雰囲気《ふんいき》の教室に体育教師がやってきた。

「大牙謙吾《たいがけんご》はどうした？」

「さあー。朝から見かけてません」

体育教師の問いに、クラス委員長の男子が答えた。

「あいつのことだから、今日《きょう》もどこかで世界を救ってるんじゃないですか」

別の生徒が、軽い口調で言った。

「どっかで行き違《ちが》いでもあったのかなあ……？　そういや大迫《おおさこ》先生も職員室にいなかったな……最近作戦課が教務課を軽視しすぎなんだよなあ、まったく……」

ぶつぶつぶつぶやきながら、体育教師は廊下《ろうか》を歩いていった。

大牙謙吾の席には、誰も座っていない。机の中には、数冊の教科書が置きっぱなしにされている。教科書を学校に残すのは校則違反《いはん》だが、カバンが重くなるのを嫌《いや》がって多くの生徒が同じことをしている。机の横には、体育館用のシューズが引っ掛《か》けてある。主のいない大牙謙吾の机は、教室のエアポケットだった。

エアポケットの近くでは、数人の女子生徒が昨日《きのう》見たバラエティ番組の話題で盛り上がっている。男子生徒の一人が「後半の授業だりーなあ……」とぼやきながら携帯《けいたい》ゲーム機をプレイしている。携帯電話をいじっている女子がいる。机に突《つ》っ伏《ぷ》して眠《ねむ》っている生徒もいる――。

*

――そんな日本から、およそ九千キロ。

ヨーロッパ東南部、バルカン半島某国《ぼうこく》。

その国の田舎町《いなかまち》に、荒《あ》れ果てた教会があった。ヴェネツィアとオスマン帝国《ていこく》が激しい戦いを繰《く》り広げた頃に建てられた伝統ある教会だったが、屋根にはアメリカ軍の精密誘導爆《ゆうどうばく》弾《だん》によって大穴が開いていた。バロック様式の重厚な建物《たてもの》が、今はただのあばら家《や》にしか見えなかった。最新の技術でコントロールされていたはずの爆弾が、なぜか非戦闘員《ひせんとういん》が大量に避難《ひなん》していた教会の真上に落ちたのだ。壁《かべ》には、弾痕《だんこん》の列が並んでいた。激しい銃《じゅ》撃《うげき》戦が間近で行われた痕跡《こんせき》だった。長い間風雨にさらされてきた石の門が、恐竜《きょうりゅう》に嚙《か》み砕《くだ》かれたように粉々になっていた。

日本は平和でも、世界はそうではなかった。地球に存在する国家の半数以上は、いまも何らかの形で戦争・内戦状態にある。人類の歴史上、世界中が平和で満ち溢《あふ》れたことなどただの一度もありはしない。

教会の礼拝堂に、幼い少女が一人《ひとり》いた。まだ小学校低学年くらいの彼女《かのじょ》が、ぼんやりと聖女の像を見上《みあ》げている。

聖女像の頭部は、流れ弾《だま》で右半分が吹《ふ》き飛んでいた。

少女はぬいぐるみを抱《だ》いていた。ぬいぐるみは中国製の小熊《こぐま》で、材料や縫製《ほうせい》は安っぽかったが少女にとっては唯一《ゆいいつ》の玩具《がんぐ》であり宝物だった。小熊のぬいぐるみの名前はノバック。両親を兵士に殺されて、ひとりぼっちになった少女。

少女はノバックと友達《ともだち》になった。

「大丈夫《だいじょうぶ》、僕《ぼく》が守ってあげるから」——少女の耳には、ノバックの声が確かに聞こえた。

この国では、政府軍と解放軍がもう十年以上内戦を続けている。対立の原因は、民族と宗教の違《ちが》いだ。どちらが悪い、ということもない。小さなもめ事に他国の軍事支援《しえん》が加わって、いつの間にか血みどろの殺し合いになっていた。

少女の故郷は解放軍の勢力圏《せいりょくけん》内だった。そこが、敵対する民族の「聖地」とされていたため、常に激戦区が身近にあった。

昔は神に祈《いの》るために教会に来《き》ていた。だが、両親が殺されたあとにどうやら無駄《むだ》らしいと気づいて、今はただ単に冷たい風を避《よ》けるために教会を使っている。荒れ果てた教会だが、中に入れば少しは寒さが和《やわ》らぐ。

この地域は一年を通して寒さが厳しい。少女は、薄汚《うすよご》れたぼろ布を体に巻いて寒さを防いでいた。もう何ヶ月も風呂《ふろ》に入っていないから、顔も汚れている。大きな瞳《ひとみ》が印象的な可憐《かれん》な容貌《ようぼう》が台無しだ。

少女は、両親とともに隠《かく》れるように暮らしていた。貧しい生活だったが、不幸だとは思わなかった。だが、そんな生活は政府軍の「民族浄化《じょうか》」行動によって無残に踏《ふ》みにじられた。民族浄化――つまりは、非戦闘員まで含《ふく》めた虐殺《ぎゃくさつ》だ。両親は少女を隠《かく》したあと、政府軍兵士たちのライフルで蜂《はち》の巣にされた。少女は一人で両親の死体を埋《う》めた。少女はまだ幼かったが、死を理解できないほど子供でもなかった。ただ、死体がよみがえって動き出したらどうしよう、と不安だった。古いテレビでそんな恐怖《きょうふ》映画を見たことがあった。

「おなかすいたね……ノバック」

ノバックがひょこひょことうなずいた。少女が動かしたのだ。

少女は痩《や》せ細り、顔色も悪かった。目の下にくまもできていた。遠くで鳴っている砲声《ほうせい》が怖《こわ》くてあまり眠《ねむ》れないせいだ。

パンと牛乳が欲しくてたまらない。暖かい部屋《へや》で、柔《やわ》らかい毛布にくるまって眠りたい。両親に会いたい――。かなわないであろう願いの数々が、少女の脳裏をよぎって消える。

車の走行音が少女の耳に飛び込《こ》んできた。ああ、政府軍だと思ったが、少女はもう疲《つか》れきっていたので逃《に》げようともしなかった。

数人の兵士が乱暴な足音をたてて教会の礼拝堂に現れた。

「まだ生き残りがいた」兵士の一人が少女を見つけた。

「連れて行こう。町の中央にあった広場《ひろば》だ」

少女は、兵士に髪《かみ》の毛をつかまれて引っ張られた。痛かったが、小熊のノバックは手放さなかった。

石畳《いしだたみ》が敷《し》かれた町の中央広場には、少女の他《ほか》にも数人子供たちが集められていた。少女は、自分以外にも生き残りがいたことに驚《おどろ》いた。みんな、息を潜《ひそ》めてどこかに隠れていたのだろう。それでも、見つけ出された。

少女を含めて、全部で五人。横一列に並べられて、少女は右端《みぎはし》だった。上から見たら綺《き》麗《れい》な円形となる広場には、政府軍の兵士三十人、軍用ジープ四台、装甲車《そうこうしゃ》二台、歩兵戦闘《せんとう》車一台が集合していた。

並んだ子供たちに、多数の銃口《じゅうこう》が突《つ》きつけられた。子供たちはまだなんの罪も犯していなかったが、関係なかった。ただ、殺すことに意味がある。民族浄化とはそういうものだ。

少女は、ノバックをぎゅっと抱《だ》き締《し》めた。

「たすけて……こわいよ、ノバック……！」

部隊長が右手を振《ふ》って「撃《う》て！」と命じる。

次の瞬間《しゅんかん》、轟音《ごうおん》が響《ひび》いた。

銃声《じゅうせい》ではなかった。

金属のひしゃげる音だ。

政府軍の装甲車に、何かが落ちてめりこんでいた。砲声や銃声はしなかったので、解放軍の攻撃《こうげき》というわけではなさそうだった。兵士たちは「隕石《いんせき》か?」と疑った。

装甲車の後部にめり込《こ》んでいた「それ」が、ゆっくりと立ち上がった。

「それ」は、人の形をしていた。

もう少し正確に表現すれば、特異な形状の鎧甲冑《よろいかっちゅう》で全身を包んだ人間だった。

メタリックなライダースーツと言えなくもない、比較的《ひかくてき》体にフィットしたデザインの全身鎧だ。光沢《こうたく》のある灰色の装甲《そうこう》が、動物の筋肉を再現するかのように配置されている。

その全身鎧の前腕《ぜんわん》からは、サーベルタイガーを連想させる長い「牙《きば》」が伸《の》びていた。

美しい流線型が特徴的《とくちょうてき》なフルフェイスのヘルメットを被《かぶ》っているので、容貌や表情を確認することはできない。

全身鎧の中身は、身長一七五センチくらいか。兵士たちは、肩幅《かたはば》や立ち姿から判断して「中身は男か」と思った。突如《とつじょ》装甲車の上に落ちてきた全身鎧の男は、まるで鬼神《きじん》のような威圧感《いあつ》を放っていた。

異星人の宇宙服か、未来人の戦闘服か――。とにかく、兵士たちの常識を超えたものだった。ただ、小熊のノバックを抱いた少女だけは事態を正確に把握《はあく》していた。

(あの人はきっと、助けに来てくれた)

少女は神に祈るのをやめていた。

だが、神はずっと見てくれていたのかもしれない。

(かみさまが、戦天使をつかわしてくださった)


戦天使の全身鎧――その正式な名称《めいしょう》は、獣系《じゅうけい》遺伝子制御《せいぎょ》強化外骨格。通称《つうしょう》ジーン・スーツ。少し響《ひび》きがよくないので、現場の人間は「GENEZ《ジーンズ》」と呼んでいる。

GENEZを着用しているのは、PMC――民間軍事会社――「グリークス」の実戦部隊に所属する戦闘員だ。

彼《かれ》の名前は大牙謙吾。

作戦進行中は、割り当てられたユニット暗号名である「バットヘッド1」と呼ばれることが多い。

謙吾は、処刑《しょけい》スタイルで射殺される寸前の子供たちを発見した。無線で現場指揮官に交戦許可を申請《しんせい》。すでに別の作戦目標を達成したあとなので、あっさりと戦闘開始を許された。謙吾は子供たちの安全確保を最優先目標に設定。ハイジャンプで敵装甲車の後部に降り立ち、政府軍武装集団との交戦を開始する。

政府軍武装集団の武装は旧式で、脅威度《きょうい》は低。バットヘッド1こと大牙謙吾は完全に包囲されているが、実力をもって排除《はいじょ》する。

謙吾はマシンガンと自動拳銃《けんじゅう》二丁を所持している。しかし、今回は使わない。その必要を感じない。もう一度ジャンプして、装甲車から降りる。

着地の衝撃《しょうげき》で、広場の石畳が勢いよく割れた。

謙吾は、手近な兵士に軽く回《まわ》し蹴《げ》りを見舞《みま》った。蹴りを胸に浴びた兵士は、七メートル近く吹き飛んでいって周囲を驚かせた。謙吾は軽く打ったつもりでも、彼の筋力・体力・敏捷《びんしょう》性はGENEZ《ジーンズ》によって数倍に高められている。

GENEZは人間を野生の肉食獣に変えることができる装置だ。

謙吾は、振り向きざまに右の蹴りを放った。超人《ちょうじん》的な後ろ回し蹴りだ。一発の蹴りで、二人《ふたり》の兵士をまとめて吹《ふ》き飛ばす。間を置かず、謙吾は足を替《か》えて左の上段回し蹴り。食らった兵士の体が宙に浮《う》いて回転する。

「敵だ！　撃て！」

政府軍の兵士たちが、謙吾に向けてアサルトライフルを撃ち始めた。強力なライフル弾《だん》の嵐《あらし》が謙吾に襲《おそ》い掛《か》かる。

謙吾は、腕《うで》を顔の前で交差させてヘルメットのレンズ部分を守った。それで十分だった。

大量の火花が散った。謙吾の周囲で弾丸《だんがん》が跳《は》ねて土煙《つちけむり》があがった。GENEZの装甲は、大量のライフル弾をすべて撥《は》ね返していた。兵士たちはそれぞれ一弾倉《だんそう》分撃ちつくして、色を失った。

政府軍の歩兵戦闘車が動いた。旧式になった戦車の車体を改良し、それに無人砲塔《ほうとう》を搭《とう》載《さい》したものだ。無人砲塔は、二門の三〇ミリ機関砲《ほう》を装備している。

三〇ミリの機関砲弾《ほうだん》が音速をはるかに超える速度で命中すれば、鉄板に大穴が開き、旧式の戦車、軽戦車くらいなら一瞬《いっしゅん》で火の玉になる。生身の人間に命中すれば比喩《ひゆ》ではなく粉々になる。そんな砲に狙《ねら》われていることに気づいて、謙吾は腰《こし》を落として両足を踏《ふ》ん張り、耐衝撃体勢をとった。

二門の機関砲が発砲《はっぽう》。短く区切った連射を繰《く》り返す。

巨大《きょだい》な弾丸——いや、砲弾が謙吾の両腕《りょううで》、肩《かた》、腹部を直撃《ちょくげき》。

鉄の塊《かたまり》を、高速で立て続けに投げつけられているようだった。着弾《ちゃくだん》が連続したため、謙吾の体が耐衝撃体勢のまま後退した。衝撃を感じて、謙吾は奥歯《おくば》を嚙《か》み締《し》めるが、機関砲弾がスーツを貫通《かんつう》することはなかった。

「GENZ《ジーンズ》は、複合装甲パネルと特殊《とくしゅ》な高分子素材でできている」

謙吾はヘルメットの下で独りごちた。

「その程度の砲火《ほうか》では、びくともしない……！」

スーツの装甲は普段《ふだん》柔らかく体にフィットしているのに、敵の攻撃を食らった時だけ硬《かた》くなるのだ。衝撃や圧力で分子が瞬間的《しゅんかんてき》に結合する技術が使われている。

機関砲弾には、標的を燃やすための焼夷剤《しょういざい》が入っていた。そのため、謙吾は火花と白煙《はくえん》に包まれた。

歩兵戦闘車の乗員たちは勝手に手応えを感じていたが、謙吾は無傷だった。

機関砲の射撃《しゃげき》が止《や》んだので、謙吾は反撃《はんげき》に転じた。高速で移動して、近くに停《と》まっていた軍用ジープをつかんだ。GENZによって筋力が強化されているので、持ち上げることができた。謙吾の両足が地面に沈《しず》む。スーツの分子モーターと人工筋肉がフル稼働《かどう》。軍用ジープを頭上に掲《かか》げて、歩兵戦闘車に向かって投げる。

軍用ジープは、歩兵戦闘車の無人砲塔を直撃した。無人砲塔の前面がひしゃげて、完全に使い物にならなくなった。

政府軍の兵士たちは逃《に》げ出した。武器を捨てて逃げ出したものは追わなかった。謙吾は自分が設定した勝利目標を達成。子供たちの安全を確認し、匿名《とくめい》で国連の平和維持《いじ》軍に連《れん》絡《らく》。すべてが終わった頃に、謙吾の頭上に一機の軍用ヘリが飛来した。戦闘員を回収するために派遣《はけん》された、PMCグリークスのヘリだ。

寄り道をしたが、あとは帰還《きかん》するだけだ。

「…………」

熊《くま》のぬいぐるみを抱いた少女が、きらきらと輝《かがや》く瞳で謙吾を見上げていた。まるで天使でも見ているかのような熱いまなざしだ。恐《おそ》らく戦災孤児《こじ》であろう子供たちを見ていると、謙吾の口の中に苦《にが》い味が広がる。ここで子供たちを助けても、将来どうなるのかはわからない。謙吾が政府軍の一部隊を蹴散《けち》らしても、この国の政情が安定するわけではない。一時しのぎに過ぎないのだ。しょせんは自己満足なのかもしれないが、何もしない傍観《ぼうかん》者よりは何かをする偽善者《ぎぜんしゃ》でありたいというのが謙吾の信条だ。

少女の頭を軽く撫《な》でてから、謙吾はヘリに乗り込《こ》んだ。

政府軍の部隊は壊滅《かいめつ》し、子供たちは生き延びた。

不思議な鎧を着た戦士を乗せて、ヘリが飛び去っていく。

――まだ両親とともに家で比較的平和に暮らしていた頃、少女はあんな人を外国のアニメで見たことがある。

テレビの中には、いつもヒーローがいた。

「ノバック……」

少女は小熊に話しかける。

「いまの人は、いつかせかいをへいわにするヒーローなんだよ、きっと」

第一章　運命の兄妹

1

兄と妹がいた。兄の名は謙吾《けんご》。妹の名は涼羽《すずは》。

子供の頃、涼羽は、兄とままごとをするのが好きだった。気弱ですぐに泣く兄が母親役、頭が良くてしっかりしている涼羽が父親役を演じることが多かった。兄の謙吾は、近所の子供にいじめられると幼なじみの女の子に助けてもらうような人間だったが、それが逆に涼羽の保護欲をかきたてた。「謙吾は年上だけど、私が守ってあげなきゃ」——涼羽はいつしかそう考えるようになっていた。

ところが、兄妹《きょうだい》は突然《とつぜん》引き裂《さ》かれた。

——そして、月日が流れた。

2

「本当にもう限界というか、その……たすけてくださいよ……」

少女が携帯電話を使っている。
茶髪《ちゃぱつ》ショートカットの少女だ。長身で、眉《まゆ》がやや太めの活発そうな顔立ち。やけに八重歯が大きい。どこかの高校の制服らしいミニスカートから伸びる彼女の脚《あし》は引き締《し》まっていて、うっすらと筋肉のラインが見える。健康的な色香《いろか》が全身から滲《にじ》みだし、無駄のない体つきから高い身体能力がうかがえる。
少女の名は、彩離《あやはな》。堤《つつみ》彩離。

『何があった』

と、電話から声が返ってきた。刃物《はもの》のように鋭《するど》い、少女の声。その声を聞くと、彩離は鬼軍曹《おにぐんそう》を前にした新兵のように緊張《きんちょう》してしまうことがある。
「謙吾とセルジュがさ、いつもの言い争いをしてて……」と、彩離は報告する。「ベトナム戦争における米国の内政干渉と戦略の間違いについてとか、NATOの制式弾導入に関してのごたごたはどうだとか……。あいつら優秀《ゆうしゅう》だけど、ちょっと頭がおかしいと思うんだなあたしは。もう何十年も前の戦争の話でめちゃくちゃヒートアップして、殴《なぐ》り合いのケンカ寸前までいってんだよ……」

『それで、その、えーと……アヤハナは私に何をして欲しいのか？』

「ユキナさんが一喝《いっかつ》すれば、二人はいつも静かになるじゃないスか」

　電話の相手は、クラスメイトの岩清水《いわしみず》ユキナ。

『ところで大事なことを忘れていた。アヤハナはどこにいるんだ』

「成田空港……」

『遠い！　今から成田は無理だ。まったく、何を考えてるんだ』

「何をって……うーん……今はただとにかく、あの二人が作り出す暗黒空間から解放されたいというか、なんというか……」

『あの二人は口論ばかりしているように見えるが、あれは口論というより頭の体操みたいなものだ。放っておいて大丈夫』

「放っておくって、そんな。カウントダウンしてる爆弾を放置するみたいで怖いんですって」

『気持ちを大きく。フラフラするな。任務中だろ、頑張《がんば》れ』

「は、はい……！」

彩離とユキナは同い年のはずだったが、話しているとそれは間違《まちが》いではないかという気がしてくる。ユキナはいつも堂々としていて、落ち着いている。小学生だった頃、通知表に六年連続で「素直ですが落ち着きがありません」と書かれた彩離とは大違《おおちが》いだ。

通話を終えて、彩離は携帯を閉じた。

「ふう……」

ため息をつきながら彩離は、成田空港・第二ターミナルの喫茶店《きっさてん》に戻《もど》った。

喫茶店では、二人の男が数十分も口論を続けていた。

大牙《たいが》謙吾と、セルジュ・ドラグレスク——。二人とも彩離の友人で、クラスメイトで、仕事仲間だ。二人が向かい合っているので、彩離はその横に腰をおろした。

「ほんま、謙吾もわからんやっちゃ」

と、ルーマニア出身のセルジュ・ドラグレスクが言った。

セルジュは美しい白人の青年だが、使う日本語はどこで覚えたのかわからないいい加減な関西弁だ。豊かなブロンド、彫《ほ》りの深い顔立ち、青白い肌《はだ》に真《ま》っ青《さお》な瞳という貴族的な容貌の持ち主であり、人を小馬鹿《こばか》にするような冷笑を常に口元に浮《う》かべている。

「『戦争は必要悪』なんて、ごく当たり前の考え方やないか。なんでそれがわかってもらえへんのかな」

「人類はまだ、真の平和を体験したことなど一度もない」

セルジュの正面に座っている大牙謙吾が、不機嫌《ふきげん》そうに言った。

「今日本は平和でも、その繁栄《はんえい》はどこか遠くの戦争に支えられているんだ。だから、真の平和を実現できたこともない人類が、戦争を美化し必要悪などと肯定《こうてい》するのはおかしい」

謙吾は、やや痩《や》せ気味で目つきが鋭い。まるで鷹《たか》のような横顔だ。少し長めの黒髪《くろかみ》には、整髪《せいはつ》料の類《たぐ》いは一切《いっさい》使われておらず無造作《むぞうさ》な印象を与《あた》える。肩幅が広く、腰の位置が高い。軍服風のデザインが特徴的な海神学園の制服姿だ。

「必要悪を美化と吐《ぬ》かすか」

「いいか、セルジュ――」

「なあ、そろそろやめようよー」と、泣きそうな顔で彩離。「なんでこんな、RPGの主人公とラスボスとの会話みたいなヤツを喫茶店でするんだ……」

まさに一触即発《いっしょくそくはつ》。険悪な雰囲気は、爆発《ばくはつ》寸前の様相を呈《てい》してきた。ユキナは「頭の体操」と言っていたが、彩離にはそうは思えなかった。大牙謙吾とセルジュ・ドラグレスクが本気のケンカを始めれば、比喩《ひゆ》ではなく巻き添《ぞ》えで大量の死者が出て、このあたり一帯は地獄の戦場と化す――。

彩離はおろおろと謙吾とセルジュの顔を交互《こうご》に眺《なが》めていたが、何かに気づいたらしく、いきなり頭上をびしっと指差した。

「あ、あ、あそこにテレビがある……！　テレビ、テレビ、テレビ見ようぜ！」

その喫茶店では、客のために大型の液晶《えきしょう》テレビが設置されていた。客はチャンネルを変えることができない。

「ほら、楽しそうな番組を……やって……」

テレビでは、ちょうどニュース番組が流れていた。北アフリカの紛争《ふんそう》地帯で行われている国連平和維持活動に、自衛隊が派遣されるという。自衛隊の拠点《きょてん》は「比較的治安が安定している地域」に設置されるらしいが、完全な安全地帯とは言いがたい。

画面には、派遣される部隊の訓練風景や輸送機、輸送船に乗り込む姿が映っていた。当然のように、自衛隊の主力戦車が海外に出ることはない。派遣部隊が持っていくのは、ジープ、トラック、装甲車、化学防護車などで、装甲車から機関銃《きかんじゅう》などの武装は取り外されている。

「……うおお……もう、やだ……」

「次は自衛隊の話題でどうや」

「おう、望むところだ」

「二人とも、マジでいい加減に――」

二人の間に割って入るため、彩離は身を乗り出した。ところがその拍子《ひょうし》に、彼女の懐《ふところ》から黒い塊がこぼれ落ちる。ガシャン、と音がして、喫茶店にいる他の客や店員の注目が集まる。

彩離が落としたのは拳銃だった。制服の下に身につけたホルスターのベルトを締《し》め忘れていたのだ。その拳銃を見て、謙吾とセルジュは同時に「このバカ！」という顔をした。

慌《あわ》てて拳銃を拾って、ホルスターに戻《もど》す。

「や、やだなあ……オモチャですよ、オモチャ」

彩離は、怪訝《けげん》そうな視線を向けてくる他の客に言い訳をした。

しかし、一度壊《こわ》してしまった雰囲気はもう元には戻らない。たとえオモチャだとしても、あんなにリアルなものを空港内で持ち歩いている女子高校生なんて相当危ないヤツに決まっている。店員の営業スマイルがひきつっている。子供が「ママー、あれオモチャだったの？」と訊《き》いている。母親は「ダメですよ。あんな怪《あや》しい人たちと関《かか》わったら……」と答える。

三人は、逃げるように喫茶店を出た。

「危なかった……」

と、冷や汗《あせ》を手の甲《こう》で拭《ぬぐ》う彩離。

「じゃ、ないだろ」

謙吾は彩離の額《ひたい》にデコピンを打ちこむ。

「いでぇ！」

彩離は大げさな悲鳴をあげた。そして非難する。

「謙吾は人間凶器《きょうき》なんだから！　たとえデコピンでももっと手加減して打てよ！」

「何が手加減だ。ホルスターから銃《じゅう》を落とすなんて、お前は素人《しろうと》か！」

「あ、うい……ご、ごめんなさい……」

「今度やったら拷問《ごうもん》だ拷問」

「……ところで、そろそろ時間やないかな」セルジュが左手首に巻いた腕時計《うでどけい》を見ながら言った。腕時計はルミノックスのネイビーシールズモデル。軍用のもので、夜光機能や防水機能などがついている。「警護対象を迎《むか》えにいって、学長のところまで案内せんと」

「警護対象、か」謙吾は遠くを見るように目を細めた。「妹に会うのは何年ぶりだろう……」

「妹さんは、謙吾の『仕事』については？」

彩離は訊《たず》ねた。

「何も知らないはずだ。驚くだろうけど、説明する機会もなくて」

待ち合わせ場所を目指して歩きだす。

「しかし、成田空港の警備は甘《あま》いな……」謙吾が、周囲を見回《みまわ》しながらつぶやく。「ＡＫさえあれば、八人で制圧可能だろう」

「八人は少なすぎるわ、ボケ」と、すかさずセルジュ。「第二ターミナルに籠城《ろうじょう》するだけなら八人でもええかもしれんが、空港の全機能を掌握《しょうあく》するには三〇人欲しい」

たまたますれ違《ちが》った空港の警備員が、謙吾とセルジュの会話を聞いてぎろりと睨《にら》みつけてきた。彩離は愛想笑いを浮かべて、警備員に向かって深く頭を下げる。

——っていうか、なんであたしがあやまってるんだよ⁉

3

——ヨーロッパからいくつかの飛行機を乗り継《つ》いで、長い旅だった。

入国審査《しんさ》を終えて、一階の手荷物引き渡《わた》し場へ。

「久しぶりの日本だ……」

大牙涼羽はつぶやいた。

涼羽はメガネをかけていて、背が低い。一六歳《さい》だが、下手をしたら小学校高学年と間違《まちが》われてしまう。つんとすました表情が似合《にあ》うあごの細い端正《たんせい》な顔立ち。それでいて頰《ほお》はマシュマロのように柔《やわ》らかそうだ。どこの学校のものというわけでもない、白いセーラー服を身につけている。

「お兄《にい》ちゃんに会うのも久しぶり、か……」

若くして海外で働くことになった涼羽。もう何年も兄とは会っていない。比較《ひかく》対象があるわけではないが、仲のいい兄妹だったと思う。飛行機に乗った時からずっと、期待で心が躍《おど》っていた。

たくましさはなかったが、優しくて思いやりがあった、兄。

——元気だろうか。昔のままだろうか？

涼羽は、ネームタグがついた大きめのスーツケースをカートに載せて引いている。空港の係員や警備員は、小柄《こがら》な涼羽が大きな荷物に悪戦苦闘《あくせんくとう》しているのを見て、まるで「はじめてのおつかいみたいだ……」と目を細めた。手伝いにいきたいところだったが、周囲を行き来する人の数が多くて難しい。

タクシー乗り場に向かう途中《とちゅう》、涼羽は転んだ。「あっ」と思ったときには、もう遅《おそ》かった。重い荷物に振《ふ》り回されて、足を滑《すべ》らせたのだ。

想像力豊かな涼羽は、空港の硬い床《ゆか》で鼻を打って人目もはばからず「びええん……！」

と泣き出す自分の姿が一瞬で脳裏に浮《う》かんだ。

涼羽は、まぶたを閉じて歯を食いしばる。

ところが、衝撃は訪れなかった。床とキスすることはなく、涼羽の体は誰かに受け止められていた。

「あ……」

涼羽は恐《おそ》る恐《おそ》る目を開けた。

「お兄ちゃん！」

「よっ」

いつの間にか涼羽の兄——謙吾が間近にいた。まるで魔法《まほう》のようだった。謙吾の右腕《みぎうで》が、涼羽の体をしっかりと抱《だ》きとめていた。

「……っ！」

謙吾は、昔と比べて随分《ずいぶん》印象が変わっていた。服の上からでも、しっかりとした筋肉がついているのがわかった。涼羽が体のバランスを回復したのを確認してから、謙吾はゆっくりと手を離《はな》した。

「謙吾。お前、お兄ちゃんとか呼ばれとるんか」と、謙吾の隣《となり》に外国人の青年が進み出た。ニヤニヤと妙《みょう》な笑いを浮かべていた。「謙吾をからかうための、いいネタを見つけた」という顔だ。

「うるさいな」謙吾が嫌《いや》な顔をする。

謙吾の隣にはもう一人、同じ学校らしい女子高生もいた。いかにも運動ができそうな、茶髪で八重歯が大きい女の子だ。

「ダメだセルジュ、そんなからかうみたいな言い方……」女子高生が外国人の青年をたしなめる。ここで初めて、涼羽は青年の名前がセルジュだとわかる。「……せっかく謙吾が、久しぶりに家族に再会したんだからさ」

涼羽はなんとなくむっとした。女子高生が兄のことを呼び捨てにしたことが引っかかったのだ。とても親しい間柄《あいだがら》という感じがした。

(付き合ってるん……だろうか？)

なんだか面白くない涼羽だった。

兄に見知《みし》らぬ恋人《こいびと》がいる——あまり考えていなかった展開だ。

——隣にいるのが幼なじみの「あのひと」だったなら、もっとすんなり納得できたかもしれないのに。

「どうも、大牙涼羽さん」女子高生が名乗る。「あたしは堤彩離。彩離って呼んで」

「彩離さん……どうも」

「妹さんということは……謙吾より年下？」彩離が、当たり前のことを真顔で訊《き》いた。からかわれてるのかな、と疑いつつ「は、はい……」と涼羽は首を縦に振って肯定した。

「そっかあ、年下の妹かあ……」

彩離が一人でうんうんとうなずいている。

それを見た涼羽は「あっ、この人バカなのかも」と思った。

「おお、謙吾の妹さんとは思えへんほど愛らしいなあ。セルジュ・ドラグレスクです」外国人の青年も名乗った。「お兄《にい》さんとは色々な意味で『なかよう』させてもらってます。よろしゅう」

「は、はあ……」

白人の青年からバリバリの関西弁で話しかけられて、涼羽は面食らった。

「んじゃ、タクシーが待たせてあるんで、それで」と、謙吾。

「タクシー？」涼羽はちょっと驚いた。「かなりの距離《きょり》になると思うんですけど、お金か大丈夫《だいじょうぶ》なんですか？」

「領収書があれば学校から交通費として支給されるから大丈夫」

謙吾が指差した先に、ワゴンタイプのタクシーが停《と》まっていた。大きな車だったので、涼羽の荷物も簡単に積み込《こ》むことができた。彩離が助手席に座り、謙吾と涼羽は後部に並んで座った。久しぶりに再会した兄と距離が縮まって、涼羽は妙にドキドキして無意味に窓から外を眺めたりした。

タクシーはすぐに高速にのった。

「そういえば、私には『護衛』がつくって話を聞いていたんですが……」

と、涼羽は言った。

大牙涼羽はただの高校生ではない。犯罪組織に狙われる可能性がないとは言い切れない。外務省を通じて日本の警察に厳重な警護を依頼《いらい》したはずだが――。

「ああ、それは……」と、謙吾。「俺たちだ」

「え？」

「だから、俺と彩離とセルジュが護衛」

「どうして……普通《ふつう》の高校生がそんな仕事を？」

涼羽はいぶかしげに三人を見た。大牙謙吾、堤彩離、セルジュ・ドラグレスク。兄と、バカな人と、関西弁の外国人。

「『普通《ふつう》』に見えるかな、あたし」彩離が自分自身を指差して言った。

「一応……」

「まあ……それについてはあとで説明するよ」

そう言った謙吾の重い口調から察するに、ややこしい話らしかった。

タクシーは東京都練馬区で高速をおりた。郊外《こうがい》に目的の場所が存在する。

「それにしても……」彩離が口を開く。「大牙涼羽——IQ160、一四歳でハーバード大学を卒業。史上最年少博士号取得の記録を塗《ぬ》り替《か》えた。伝承と神話学専攻《せんこう》。その知識と聡明《そうめい》さを認められて、若くして世界的なVIP《重要人物》の家庭教師に。そんな十年に一人の大天才が、まさかこんな小学生っぽいちんちくりんだったとは」

——ちんちくりん！

あまりの屈辱《くつじょく》に、涼羽はめまいすら覚えた。なぜ、初対面の相手に「ちんちくりん」などと時代錯誤《さくご》な呼ばれ方をされないといけないのか。

兄の謙吾が彩離の言動をたしなめてくれるかと期待したが、謙吾は信じられないことに「まあ確かに、背は伸びてないな」とうなずいていた。

（ショックだっ！）

涼羽は顔を赤くして頰を膨《ふく》らませた。

「ごめんごめん」謙吾が微笑《ほほえ》んで、涼羽の頭を撫でる。

「うー……」頭を撫でられるくらいでごまかされるもんですか、と涼羽は思った。しかし、久しぶりに感じた兄の手は優しく、大きく。やがて涼羽は体が宙に浮くような心地《ここち》よい安心感に包まれて、彩離に言われたひどいことも忘れてしまった。

「お、ついたよー」

と、涼羽の気持ちも知らず彩離が能天気な声をあげた。四人はタクシーから降りる。

たどりついた学園は、森の要塞《ようさい》といった風情の奇妙《きみよう》な場所だった。

私立海神《わだつみ》学園――。

広い敷地と自由な校風が特徴《とくちょう》で、付属幼稚園《ようちえん》から大学までそろっている。

ロマネスク様式建築の校舎は、背の高い常緑樹林に囲まれている。深い緑色の森林はまるで城壁だ。

建物とセットになった楼門《ろうもん》の下を通って、敷地内へ足を踏《ふ》み入れる。

「うわあ……」

と、涼羽は思わず感嘆《かんたん》のため息を漏《も》らした。丁寧《ていねい》に整備された花壇《かだん》には季節の花が咲《さ》き乱れ、校舎と校舎をつなぐ歩道には石造りの古風な屋根がかかっている。こんなに美しい学園は海外でも珍《めずら》しいだろう。校舎、図書館、食堂など、すべての建物が伝統のある大きな聖堂に見える。

「とりあえず、高等部学長に挨拶《あいさつ》にいかないとな」

謙吾が言った。

「はい。どんな人なのか楽しみ……」

「これから、涼羽は海神の生徒になるのか」

「そうみたい。一時的なものかもしれないけど……まだよくわかんないかな」

「涼羽ちゃんは、外国で偉《えら》い人の家庭教師をやってるんだよね？」

彩離が訊いた。

「………」勝手にちゃん付けで呼ばれていることに涼羽は苛立《いらだ》ったが、それを表に出したりはしなかった。無礼でバカそうな野蛮人《やばんじん》風の少女が相手でも、あくまでこちらは上品な態度を崩《くず》さないのが淑女《しゅくじょ》というものだ。「まあ……そうです」

「西ヨーロッパだっけ？」

謙吾が言った。その言葉に涼羽はうなずき、

「うん。西ヨーロッパのヴェルトハイム公国。私は公女フランシスカ・ヴェルトハイム様の家庭教師」

「涼羽ちゃんの経歴なら、確かに小国の王族つき家庭教師としては申し分のないところか」と、軽い口調で彩離。「しかも、謙吾の父親は日本外務省のお偉いさんだよね？　それって政治とかにもすっごく便利ってことで……」

「……っ！」

父親、と聞いた瞬間謙吾と涼羽の表情が露骨《ろこつ》に曇《くも》った。

「あ……あたし……まずいこと言ったかな？　ご、ごめん謙吾！」様子がおかしいことに気づいて、彩離が怯《おび》えた声をあげた。「そ、その、悪気《わるぎ》はなくてだな……だからその、おしおきとかしないで……」

「怒《おこ》ってないからそんなに怯《おび》えるなよ！」謙吾が顔を赤くして言った。「第一、おしおきってなんだ！　そんなこと一度もしたことないだろ！」

「殺さないで……謙吾得意の拷問はやめて……」

「バカ彩離！　そんなこと言ったら涼羽が怖《こわ》がるだろ。それに俺はどちらかと言ったら拷問するよりされる方が得意だ」

「お、お兄ちゃん……」

今の会話で、堤彩離はバカだと涼羽は確信した。そして、彩離につられて兄までバカに見えてきた。拷問するよりされる方が得意、発言に、涼羽は内心完全に引いていた。冗談《じょうだん》にしても趣味《しゅみ》が悪すぎる。

そんな口論のようなものがあって気まずい雰囲気になった直後、

「じゃ、俺はこれから別の用事があるんで！」

セルジュが別行動をとると言い出した。

謙吾が訊ねる。「なんだよ、用事って」

セルジュが答える。「ラボで検査用の採血や」

「あ、そっか」と謙吾が納得した。

「今日の夜にはまた合流するさかい。よろしゅう。ほな、さいならー」

セルジュと別れて、涼羽の護衛は謙吾と彩離の二人になった。

「慌《あわ》ただしい人ですね……」涼羽は言った。

「慌ただしいし、うるさいし、意見も合わない」謙吾がぼやいた。

「今、セルジュさんがラボで検査用の採血って言ってましたけど……」涼羽の胸に、少し引っかかった。「何かの病気なんですか？」

「そういうんじゃないよ。ただ、なんていうか……」謙吾が慎重《しんちょう》に言葉を選ぶ。「あいつは色々な意味で『変わってる』から。研究したい人たちがいるみたい。そんだけ」

「…………」

なんだか、ごまかされてしまった。

三人は高等部の校舎に入っていった。校舎に入るには、カードキーを兼《か》ねた学生証が必要だった。ずいぶん厳重なセキュリティだな、と涼羽は思った。

校舎内の廊下を歩いていく。

廊下の天井《てんじょう》も、ロマネスク様式の建築になっていた。交差ヴォールトの手法が使われている。ヴォールトとは、かまぼこ型のこと。かまぼこ型を組み合わせると、とても安定した形になる。

高等部第一校舎一階、高等部学長室にたどり着いた。学長室の前に防犯カメラが設置されていることに涼羽は気づいた。やはり、ものものしい。謙吾がドアをノックするが、反《はん》応《のう》はない。

「鍵《かぎ》は指《し》紋《もん》で開くから、勝手に入ろう」謙吾は言った。

「いいのかな？」と、涼羽。

「大丈夫、いつものことなんだ」

謙吾が普通の学校ではまず見かけることのない指紋認証式のロックを解除した。中に入って、そこにいたのがおよそ「学長」のイメージからかけ離《はな》れた人物だったので涼羽は戸《と》惑《まど》った。

分厚い絨毯《じゅうたん》に古めかしい調度品、マイセンの紅茶セットにマホガニー材の本棚《ほんだな》——中世ヨーロッパ貴族の書斎《しょさい》のような豪華《ごうか》な部屋の中央で、若い女性がうつらうつらと眠りかけていた。女性、というより少女、あるいは子供と表現した方が正確だった。ロングの銀髪《ぎんぱつ》はほんのりくせ毛気味で、全体的にふわふわしている。

少女は涼羽たちに気づいて目を覚ました。

「ふあ……」と小さなあくびをして、顔をあげる。

「……高等部学長の厳島《いつくしま》アイナです……よろしく……」

ぼんやりとした声だった。彼女は、まだ夢の続きを見ているような顔をしていた。

「よ、よろしくお願いします……！」

「戸惑っているようですね……若い女の学長は確かに珍しいから……」そう言ってから、厳島アイナは席を離れて涼羽に歩み寄り、握手《あくしゅ》を求めた。「世界的に有名な天才・大牙涼羽をこの海神学園高等部に迎《むか》えられて嬉《うれ》しいです」

戸惑っているのは学長が少女だったからではなく、学長が昼間から堂々と居眠《いねむ》りしていたからなのだが、あえて口には出さなかった。

「は、はい！」

涼羽はもちろん握手に応《こた》えた。アイナの手は細く、力をこめると折れそうだった。

「涼羽さんには通常の授業ではなく、専用の研究室へ行ったり特殊なゼミを受けてほしいと思っています……」と、アイナ。「学生寮《がくせいりょう》に入ると聞いていますが……？」

「はい。そのつもりです」

「了解《りょうかい》しました……謙吾さん、彩離さん」

「はいはい」

突然《とつぜん》名前を呼ばれて、二人は驚いたような顔をした。

「二人で学生寮の部屋に案内してあげてください……涼羽さん、しばらくはこの二人を世話係につけようと思っているんですが、どうでしょう？」

「問題ありません。よろしくお願いします」

涼羽は小さく頭を下げた。

本当は彩離は余計だったが、ここは快諾《かいだく》しておいた。

「失礼します」

と、突然、中年男がノックもせずに学長室に入ってきた。

中年男はくたびれたスーツ姿で、ネクタイはだらしなく緩《ゆる》み、顎《あご》に無精《ぶしょう》ひげを生やしている。一目見て涼羽は「あまりお近づきになりたくないタイプだ！」と思った。

「ちょうどよかったです……」アイナは言った。「涼羽さんには通常の授業は無意味でしょうが、一応一般《いっぱん》のクラスに高校生として籍《せき》だけおいてもらおうかと……。天才にも、文化祭や体育祭、臨海学校や入学式卒業式など、クラスメイトとの絆《きずな》を深めるイベントに参加してほしいんです。それで、涼羽さんの担任教師となるのがこの男性です……」

「どうも大迫《おおさこ》です。大迫伝次郎《でんじろう》」

だらしない照れ笑いを浮かべて、中年男が名乗った。大迫は涼羽を見て、「いやあ、ちっちゃいなあ」とつぶやいた。

涼羽は「むっ」として唇《くちびる》を尖《とが》らせた。

それに気づいた謙吾が、「ちっちゃいって言われると怒るんですよ」

大迫はうなずき、「なるほど、そりゃそうかあ。俺もオッサンって言われるとやだもんね。人間って本当のこと言われたほうが怒るもんねえ」

涼羽の目が怒りで大きく見開《みひら》かれた。

——なんだこのオッサン！　まったくデリカシーがない！

帰国して、いきなり二人も上手《うま》くやっていけなそうな人間と出会《であ》った。堤彩離と大迫伝次郎だ。

「普段《ふだん》は歴史を教えてます。なんかあったら、気楽に話しかけてきてくださいな」

大迫が言った。

普段は、という言葉に涼羽は違和感《いわかん》を覚えた。まるで「普段ではない」状態があるような言い方だ。教師だから副業などはないはずだが——。大迫は、何か部活の顧問《こもん》でもやっているのだろうか？

謙吾、涼羽、彩離の三人は学長室を出た。少し緊張していた涼羽は、安堵《あんど》のため息をついてから言った。

「厳島学長、若くてびっくりしました」

「ああ見えて、油断のならない人でね。ぼんやりしているようで、いつも何かを考えている。頭もいいし、何より人を見る目がある。いざってときは厳しい決断も下せる」何か嫌な思い出でもあるのか、謙吾は苦笑を浮かべて言った。「厳島グループの血縁《けつえん》だよ」

「厳島グループ……！　世界的に有名な財閥《ざいばつ》の一つですね」

「そう、その厳島」

それから少し廊下を歩いて、三人が階段の前を通りかかったその時だった。

二階から下りてきた女子生徒と涼羽の目が合った。

「……ユキナさん？」と、涼羽は小声でつぶやく。

その声は、相手の耳まで届かなかった。

女子生徒は、偶然《ぐうぜん》にも涼羽の知り合いだった。

岩清水ユキナ――。

兄の幼なじみなので、自然に涼羽とも仲良くなった。

子供の頃は、謙吾、涼羽、ユキナの三人でいつも遊んでいた。

——何年ぶりの再会だろうか。

ユキナは涼羽よりは背が高いが、それでもようやく平均といったところか。しかし手足は長くしなやかで、肌が鮮《あざ》やかに日焼けしているせいもあって運動神経抜群《ばつぐん》に見える。鼻筋が通っていて、全体的に鋭く凜々《りり》しい容貌の持ち主。海神学園は全室土足ＯＫなので、ユキナは制服のミニスカートに膝《ひざ》の上まである革のロングブーツを組み合わせていた。凜々しい表情とロングブーツの組み合わせは抜群で、こりゃあユキナさんに金を払《はら》ってでも踏まれたいって男性がそのうち出てくるだろうなあ、と涼羽は想像した。

時代劇が大好きで、腕《うで》っ節が強いユキナのあだ名は「漢女姉《おとめねえ》さん」だった。本人は嫌がっていたが、涼羽はその響きをわりと気に入っていた。

「ユキナ」謙吾が彼女の名を呼んだ。

「謙吾か。なんだ」と、ユキナは階段の途中で足を止める。

「お久しぶりです」すかさず涼羽は挨拶をした。

そこでようやく、ユキナの視線が涼羽に向く。

「えーと……」ユキナは、涼羽のことをすぐには思い出せないようだった。あごに人差し指を当てて、小首を傾《かし》げる。

「私です。大牙涼羽」

「あっ！」ユキナが声をあげた。「そうだ、涼羽だ！　久しぶりだ！」

「どうも！」

涼羽は微笑んだ。思い出してくれて嬉しい。

「涼羽のことはほんの一秒も忘れたことはなかったぞ！」

そう言って、ユキナは涼羽に抱《だ》きついた。涼羽の顔が、ユキナの柔らかくて豊かな胸に埋《う》まった。うわ、意外と大きい――じゃなくて、ちょっと苦しい。涼羽は顔をあげてなんとか隙間《すきま》を作った。

「本当ですか？　今、私の顔ちょっと忘れてたじゃないですか」

「あんまり美人になってたんで、気づくのに時間がかかっただけだ」

「なら、まあ……」

そう言われれば、悪い気はしない。

「謙吾と涼羽は、私のような田舎者《いなかもの》にも優しくしてくれた。忘れるわけがない」

このあたりは、相変わらずだ。ユキナは、自分を「田舎者」と卑下《ひげ》することが多い。

ユキナは以前自分の故郷を「携帯はどこにいても必ず圏外《けんがい》。テレビはＮＨＫしか映らない。主な交通手段は牛」と語っていた。本当にそんな場所が日本に実在するのか、涼羽は疑わしく思っている。

ユキナは、今職員室に呼び出しを食らっているらしいので一度別れた。

「呼び出されているのだが、理由がよくわからない」と、ユキナは言っていた。「剣道《けんどう》の授業中にちょっと張り切りすぎて、二人《ふたり》保健室に送ったのがまずかったんだろうか……」

「いや、呼び出しの理由はそれで合ってると思いますよ」と涼羽。ユキナは何も変わっていなかった。ユキナの家は、古流武術の道場をやっていることで有名だ。力を出しすぎれば男子にも怪我《けが》をさせてしまう。昔から、ユキナの喧嘩《けんか》の強さは折り紙つきで、涼羽の憧《あこが》れだった。

時代劇のような話し方も、昔のまま。懐《なつ》かしさで、涼羽の胸は一杯になった。

涼羽たち三人は、第一校舎から海神学園高等部の学生寮に移動した。寮は男女どちらでも入ることができる。警備が厳しいので、風紀の乱れなどは特にない。

伝承と神話学を研究するため旅行することが多かった涼羽は、自然とヨーロッパの建築にも詳《くわ》しくなった。校舎はロマネスクだが、海神学園の学生寮はルネサンス建築だ。パラッツォ・ファルネーゼを髣髴《ほうふつ》させた。

「三階建てだけど、主な部屋は二階に集まっている」

謙吾が説明すると、

「ピアノ・ノビレですよね」

涼羽が言った。

「ぴあの……？」

と、彩離が額に疑問符《ぎもんふ》を浮かべた。

「ルネサンス様式建築の特徴の一つです。二階に主要な部屋が集まった構造のことを指します」

「本当に知識量がすげーな……さすがは謙吾の妹」

彩離は感心してうなるように言った。

「俺の知識は偏《かたよ》ってるからな。涼羽にはかなわないだろ」

高等部学生寮二階、二二〇号室。

「もう、寮長《りようちよう》さんにも話は通してある」と、謙吾が召使《めしつかい》のようにドアを開けた。そして芝居《しばい》がかった口調で言う。「……ここが今日から、お嬢様《じようさま》の部屋でございます」

部屋に入るなり、涼羽の目が輝いた。

「すてき……！」

天井が高く、壁にはラファエロの複製画があった。棚《たな》や机はすべて高級木材でできている。なんとダミーの暖炉《だんろ》まで設置されていて、ジョージアン様式のインテリアが部屋の落ち着いた雰囲気作りに一役買っている。

リビングと寝室《しんしつ》、そして浴室に分かれている。寝室の奥《おく》は、ウォークインクローゼットになっていた。キッチンがついていないのは、歩いて数十秒のすぐ近く――学生寮の一階に食堂があるからだ。

とりあえず、涼羽はノートパソコンを机の上に置いた。クラシックな雰囲気の部屋だが、目立たない場所にアナログ電話用の6極2芯《しん》モジュラージャックが二箇所《かしょ》、LANケーブル用の8極8芯モジュラージャックがついていた。涼羽は手早く自分のパソコンをネットにつないでおく。青春を謳歌《おうか》する学生として、ネット環境《かんきょう》と携帯電話は生活必需品《ひつじゅひん》と言ってもいい。

「お兄ちゃんもこの寮で暮らしてるの?」

「ああ、俺は三階。ちなみに彩離は一階」

「お兄ちゃんの部屋も見ておきたいな」

「え、まあ……いいけど。別に明日《あした》でもよくないか」

明らかに謙吾が嫌そうな顔をしたのが、涼羽は気になった。昔からそうだ。涼羽には、兄が何か隠《かく》し事をしているとすぐにわかる。

「お兄ちゃん……何か、見られたら困るものでも?」

「いや、そんなことはないけど……掃除《そうじ》とかしてないし」

「いいよ、別に。男の一人暮らしなんてキレイなわけないんだから」

ちょっと怪しくなってきたので、涼羽はどうしても謙吾の部屋を見ておきたくなった。

ふと彩離に目をやれば「かわいそうに……」とでも言いたげな顔をしている。

涼羽は謙吾の背中を押《お》すようにして、無理やり部屋まで案内させた。謙吾は「仕方ないな……」と言いながら渋々《しぶしぶ》部屋の鍵を開ける。

中に入って、涼羽は愕然《がくぜん》とした。

「うわあ……ゲームばっかり」

部屋の造りは涼羽の二二〇号室と同じはずだが、あまりにも内装が違いすぎてまったく別の建物に迷い込《こ》んだような錯覚《さっかく》を味わう。涼羽の部屋は宮殿《きゅうでん》の一部のようだったのに、謙吾の部屋はまるで香港《ホンコン》のいかがわしいパーツショップだ。

とにかく、ゲームソフトの量がすごい。謙吾のパソコンは、高スペックを要求する最新ゲームを処理落ちなくプレイするためにカスタムされていた。家庭用ゲーム機も次世代機はもちろん、一世代・二世代前のものも含めてすべてそろっている。壁を埋め尽《つ》くすのは大量のゲームソフト。ゲームを改造したりデータを吸い出したりする法律的にはちょっと危ない「ブッ」も並んでいる。

「……これは……趣味だ」謙吾が、きまり悪そうに言った。「もう、いいだろ。ほら、別のところ案内するから……」

早々と追い出しにかかる謙吾。しかし時すでに遅く涼羽の視界には、美少女が描《えが》かれたパッケージの一目で「そっち系」とわかるソフトが部屋の隅《すみ》に山積みされている光景が入り込《こ》んでいた。

「あ……えっちなゲームだ……！」

その言葉を聞いた瞬間、謙吾は真顔で「ばっ」と跳《と》んだ。素早く移動して、体全体で一部のソフトを隠そうとする。

それは、今まで涼羽が見た中で一番格好悪い兄の姿だった。

「ち、違う……！」謙吾は両手を大きく広げて、必死になって否定する。「あれはそういうゲームじゃない！　学園青春シミュレーションゲームだ！　全然違う……！」

「美少女ゲーム趣味のせいで、謙吾はすっかりむっつりすけべ扱《あつか》い……」

彩離が不憫《ふびん》そうに言った。

「いや、俺をむっつりなんて言ってるのはアホのセルジュだけだ！」

「お兄ちゃん……子供の頃から変わったのは外見だけかと思ったら……中身もこんなに変わってたんだね……」

「ゲームの中の女の子はガンガン攻略《こうりゃく》するくせに、現実では何もできないんだぜ謙吾は」

彩離が涼羽に告げ口した。「涼羽ちゃんから何か注意してくれよ」

「お兄ちゃん……」

涼羽が呆《あき》れたようにため息をつくと、謙吾は泣きそうな顔になった。

それがとてもおかしくて、涼羽は笑いをこらえるのが大変だった。この程度のことで兄を軽蔑《けいべつ》したりはしない。それどころか、慌《あわ》てふためく謙吾を見て涼羽は逆に少し安心した。ちょっと情けないところもあって、ちょうどいいのだ。


謙吾の部屋を出て、寮の周辺をうろついているうちに夜になった。学園内を一周するだけでも一苦労だ。涼羽たち三人は、学生寮の一階にある食堂に向かった。

食堂で席につくと、寮の当番が注文をとりにきた。注文といっても、和風と洋風どちらがいいか、アレルギーはないか、宗教上の理由で口にできない食材はないか等々、質問に答えていくだけだ。メニューはほとんど決まっていて、それを生徒に合わせて少しだけ内容を変えるらしい。確かに食堂を見回してみると、海神学園は日本の学校とは思えないほど多国籍《たこくせき》だった。

涼羽の前に、食堂の調理スタッフによって今日の夕食が並べられた。涼羽が選択《せんたく》したのは洋食。ビーフシチューがメインで、黒胡麻《ごま》パンとシーフードグラタン、ポテトサラダがついてきた。すべての料理から、キノコ類が取り除かれていた。涼羽が「キノコにアレルギーがある」と告げていたからだ。実はそれは嘘《うそ》だった。ただ単に苦手《にがて》な食材だったが、好き嫌《きら》いを口にすると謙吾や彩離に「子供っぽい」と言われそうな気がしたのだ。

「おいしいもん食べてただろうから、物足りないでしょ」彩離が言った。「なにしろ、公女様の家庭教師だもんね」

「そんなに資産が豊富な王室ではありませんから……質素なものでした」と、涼羽。「一応王室専属の料理スタッフがいましたけど、食材はすべて地元のもので」

「そっか、あたしのイメージとは違うな……。王宮の食事といったら、そりゃもう豪華なやつが出てくるもんかと」

「豪華な食事って……具体的にはどんなのを想像してたんだ」と、謙吾。

「たとえばその……肉とか、ステーキとか。トロとか……」

彩離がしどろもどろになって答えた。

あまりに貧弱な「豪華」のイメージに、涼羽は呆れ果てて小さくため息をついた。

「い、いいじゃんかもう、食事の話は！　すげえどうでもいい！」自分で切り出したくせに、彩離は強引に話題を変えた。「ところで、涼羽さんがどうして急に日本に帰国したのか、理由を訊いていいかな？」

「……それは、もう大体想像がついているんじゃないですか」

涼羽は、急に冷めた表情になって言った。

「え……？」と、彩離は困ったような顔。

「涼羽の言う通り、見当はついてる」謙吾は冷静に言う。「ヴェルトハイム公女様の来日だ」

涼羽はうなずき、

「この学園に短期留学されるみたいです」

「それは、公女様の意思？」彩離は質問した。

「いえ、公王様の指示で」涼羽は即答《そくとう》。公王と公女。父と娘《むすめ》。現国王と次期国王。

「何かあったの？」

「さあ……」と、涼羽は首をかしげてみせた。

「……ヴェルトハイム公国は歴史のある国だ」謙吾は、歴史の授業をしているかのような口調で言った。「美しい建物、美しい風景、美味《おい》しい料理……観光にはもってこいの土地《とち》柄《がら》だが、それだけの国じゃない。あの国はタックスヘイブンで、しかも外国人犯罪者引き渡し条約をどこの国とも結んでいない」

「タックスヘイブン……？」

彩離が眉間《みけん》に疑問符を浮かべた。

「む……」

涼羽は眉を微《かす》かに歪《ゆが》めた。無知な彩離のために会話が止まったのが不愉快《ふゆかい》だった。

「タックスヘイブンってのは、租税回避地《そぜいかいひ》のことだ」謙吾が彩離のために説明する。「その国では税金がかからなかったり、大幅《おおはば》な減税が行われていたりする。貿易や外貨獲得《かくとく》には有効な制度だが、そのせいでタックスヘイブンは犯罪組織のマネーロンダリングに使われたり、外国の悪質な脱税《だつぜい》者の拠点にされたりする」

さらに、と謙吾。

「外国人犯罪者引き渡し条約に参加してないってことは、どこかで罪を犯しても、ヴェルトハイム公国に逃《に》げ込《こ》んでしまえば助かってしまう。その犯罪者が公国にとって有益な人物であるという条件付きではあるが。そんなことが、あの国では数百年も——」

「——公女フランシスカ・ヴェルトハイム様は」涼羽は口を挟《はさ》んだ。「それらの問題にとても心を痛めていました。なんとか改善しようと、第一王位継承者として色々な努力を。他にも公女様は、公国内の貧困や医師不足、公務員の汚職《おしょく》などの問題にも積極的に取り組み、国民の支持を広く集めていました」

「ごめんごめん……」謙吾は小さく頭を下げた。「……あの国の悪口《わるくち》を言いたいわけじゃない。ましてや、もちろんお前が勉強を教えてる公女様の悪口も。俺が言ってるのは、ただの情報だ。気を悪くしたなら、本当にすまん」

「そんな……お兄ちゃん。他人行儀《ぎょうぎ》はやめてください」

「涼羽も、敬語やめてくれよ」

「でも……久しぶりだし」

「まあとにかく……涼羽がこの学校に来てくれて嬉しいよ」

「お兄ちゃん……」

涼羽は、兄につい熱っぽい視線を向けてしまった。

家の事情のせいでなかなか会うことが許されなかった兄妹。家の事情というよりは、独裁的な父親の自分勝手と表現するほうが正確かもしれなかった。会えない間に、思っていたよりもずっと立派になっていた兄——。

そんなことを考えていたら、涼羽は急に謙吾と彩離の関係が気になってくる。

久しぶりの兄妹水入らずを期待していたのに、彩離がどうにも邪魔《じゃま》でならない。

「ところで……」涼羽は、思い切って訊ねることにした。「彩離さんは、お兄ちゃんとどんな関係なんですか？」

「ぶふっ……！」

ちょうど彩離はミネラルウォーターを飲んでいたので、涼羽のぶしつけな質問を受けて噴《ふ》き出してしまった。

謙吾も、不意打ちのパンチを食らったような顔をしている。

「気になるんです。教えてください」

「そんなこと言われても……」

彩離は困った顔で腕を組んだ。

謙吾と彩離は意味深《いみしん》に視線を交わし合った。

（怪しい……）

涼羽の頬に自然と力が入ってしまう。

「クラスメイトというか」と、彩離。

「ただのクラスメイトには見えないんです」

「じゃあ、『仲間』かなあ」

そう言った謙吾は、慎重に言葉を選んだ感じだった。

仲間、と言われても涼羽はピンとこなかった。

「つまり……同じ部活なんですか？」

「そこは、上手く説明できないというか……」謙吾は何かをごまかそうと必死だ。「とにかく、彩離みたいな体育会系のバカとの間に何かあるわけないじゃないか」

「さりげなくあたしの悪口言ってないか……？」

「何かあるわけない、か……じゃあ、その『何か』って具体的にはなんのこと？」

「涼羽、お前どうしちゃったんだ。つまんないことで怒り出して……何もないから何かでいいんだよ」

「もう、いいです」

涼羽は頬を膨らませて席を立った。

「どうしたんだよ、涼羽」

「見てわかりませんか。お腹《なか》が一杯になったんで、部屋に戻ります」

「お腹が一杯も何も……まだちょっと残ってるじゃないか。もったいないぞ」

「時差ボケでつらいんです」

謙吾の言ったとおり食事は残っていたが、涼羽にはもう食欲がなかった。しかしそれは、決して時差ボケだけが原因ではなかった。

涼羽はいつもより強い足音を鳴らしつつ、学生寮の二階、自分の部屋に戻った。

「ふん、だ……」

　仲良くしているのが、岩清水ユキナだったならまだ涼羽も納得できたかもしれなかった。田舎《いなか》から引っ越《こ》してきたユキナは、ひ弱で気弱だった幼い頃の謙吾をいつも守っていた。だが、今は違った。謙吾の隣にはいつも彩離がいる。

「あれ……？」

　涼羽は、部屋に入ってすぐに違和感を覚えて立ち止まった。

　部屋の窓がいつの間にか開いていた。確かに閉まっていたはずなのだ。「変なの……」とつぶやいて、涼羽は窓を閉めて鍵をかけた。

　ふと寒気《さむけ》のようなものを感じて振《ふ》り向くと、部屋の隅に人がいた。

「──っ！」

　隅に潜《ひそ》んでいたのは、遮光《しゃこう》ゴーグルをかけ黒いマスクで顔を隠した大男だった。予備の弾倉《だんそう》や無線、手榴弾《てりゅうだん》などを装備するために、軍用のベスト──タクティカルベスト──を身につけている。映画などで見た、特殊部隊の兵士にそっくりだった。映画と違うのは、本当に涼羽の目の前にいて、涼羽に消音装置《サイレンサー》がついた拳銃の狙《ねら》いをつけているということ。

　窓が開いていたのは、男が侵入《しんにゅう》してきたからだ。

　あまりにも突然のことに、意味もわからないまま涼羽が「撃たれる！」と思った次の瞬間、ドアから謙吾が飛び込んできた。

謙吾は瞬時《しゅんじ》に状況《じょうきょう》を把握し、無駄口《むだぐち》を一切叩《たた》かず特殊部隊兵士風の暗殺者に向かっていった。暗殺者は銃口を謙吾に向ける。

一瞬で間合いを詰《つ》めた謙吾は、掌底打《しょうていだ》を繰《く》り出して暗殺者の拳銃を叩き落とした。その拍子で拳銃は暴発。一発だけ銃弾《じゅうだん》が飛び出して、部屋の壁にめり込んだ。

落ちた拳銃が床の上を転がった。謙吾は拳銃を蹴ってベッドの下にやった。

暗殺者は右の前蹴りを放った。それが腹部に命中して、謙吾は後方によろめいて机に手をついた。少し間合いが離れた隙《すき》に、暗殺者はホルスターから小型の軍用ナイフを抜《ぬ》いて構えた。

謙吾は、机の上にあったノートパソコンを手に取った。電源やマウスなどのケーブル類をすばやく引き抜《ぬ》き、一枚の板として扱う。

暗殺者が謙吾の首を狙ってナイフを振《ふ》るった。謙吾はそれをノートパソコンで受けた。ノートパソコンの表面にざっ、と傷が走る。

謙吾はノートパソコンを片手で持ち直し、角で暗殺者の目を突《つ》いた。ゴーグルに当たって、ひびが入った。そうやって暗殺者が怯《ひる》んだところに、謙吾は膝関節を狙った軍隊式の下段蹴りを打った。バキッ、と打撃《だげき》音が響いて、暗殺者は片膝を床についた。謙吾の動きはとにかく速く、無駄がなかった。

謙吾は、ひざまずいた格好となった暗殺者の後頭部にノートパソコンを打ち下ろした。それでノートパソコンは割れてしまったが、暗殺者もかなりのダメージを負ったらしく、もう立ち上がることはなかった。謙吾は暗殺者をつかんで柔道《じゅうどう》の技で投げて、倒《たお》したところにサッカーボールキックを打ち込《こ》んで完全に気絶させた。

「窓から離れろ、涼羽」

謙吾が鋭く言った。

その時、涼羽の間近を何かが通過した。

銃弾だった。外にも暗殺者がいた。

「！」

謙吾は走って、涼羽をかばった。

窓の外の暗殺者は、ロープで屋上からぶらさがっていた。ラペリング、といわれる特殊部隊の高所移動方法だ。

「伏《ふ》せろ！」と、少女の声がした。

堤彩離もこの部屋にやってきたのだ。

彩離の手には、拳銃が握《にぎ》られていた。シュタイヤーM9ピストル。口径九ミリで装弾《そうだん》数一四発。彩離は拳銃を両手でしっかりと構えて、上半身が安定していた。本格的で、素人には見えなかった。部屋に入ってくるなり、彩離は立て続けに三発撃った。三発の弾丸は窓ガラスを貫通し、すべて窓の外にいる暗殺者の胸部に吸い込《こ》まれた。撃たれた衝撃で、暗殺者はロープから手を放して落下していった。

「殺した……？」

涼羽は、呆然《ぼうぜん》とした口調で訊いた。

「いや、敵は防弾《ぼうだん》ベストをつけてる」彩離は、普段よりしっかりした口調だった。「着弾の衝撃で気を失っただけ」

「大丈夫《だいじょうぶ》か、涼羽」

謙吾が心配して訊いてきた。

「う、うん……」

「ごめん、ノートパソコンぶっ壊《こわ》した」

——ノートパソコンなんてどうでもいい。

兄はたくましくなっていた。それは、見ればわかった。

だが、それにしても、まさかここまで強くなっているとは——。

第二章　グリークス

1

まだ幼かった頃——。

成長が遅《おく》れ気味だった謙吾《けんご》は誰よりも小柄で、近所の子供たちによくいじめられていた。いじめが続いた理由の一つに、複雑な家庭環境があった。近所の大人《おとな》たちは「あそこは愛人の家だから」と陰口《かげぐち》を叩き、それが子供たちにも伝わった。子供たちには愛人の意味などわかっていなかったが、親が馬鹿《ばか》にしているのなら自分たちも馬鹿にしていいと判断した。謙吾と涼羽《すずは》は、小学校で「お前らは愛人の子供！　汚《きたな》い子供！　いらない子供！」と罵声《ばせい》を浴びせられた。

謙吾は気弱で打たれ弱く、何か辛《つら》いことがあるとすぐに泣き出す子供だった。暴力を受けることも、暴力を振るうことも苦手だった。

そんな時——「やめないか！」と気丈《きじょう》にかばってくれたのが岩清水《いわしみず》ユキナだった。ユキナは可憐な少女だったが、あまりにも漢《おとこ》らしいことからついたあだ名は「漢女《おとめ》姉さん」。男子のいじめっ子に正面からぶつかっていってもまったく怯むことはなかった。

ユキナがかばってくれている間に、涼羽が泣きじゃくる兄の謙吾をなだめた。早熟なユキナは、謙吾を弟のように思っていた。

そんな兄妹は引き離《はな》される際、ある約束をした——。

2

「これはいったい……どういうことなんですか？」

涼羽は呆然と質問を口にした。

高等部第一校舎一階、高等部学長室に人が集まっている。

大牙《たいが》涼羽、兄の謙吾、銃を撃った彩離《あやはな》。そして学長室の主である厳島《いつくしま》アイナ。少し遅れて、岩清水ユキナ、教師の大迫伝次郎《おおさこでんじろう》、セルジュ・ドラグレスクもやってきた。涼羽は、謙吾やアイナが警察に連絡しないことを不審《ふしん》に思っている。

部屋に集まった涼羽たちに、アイナの手によって紅茶が振《ふ》る舞《ま》われた。紅茶が注《つ》がれたのは、マイセンのカップだ。

「『どういうこと』と訊かれても……質問の意味が広すぎて……」

西洋人形のように美しいアイナは、ぼんやりとした口調で答えた。眠そうな顔だ。しかも完全に寝《ね》ていたらしく、動物柄《どうぶつがら》のパジャマ姿だ。そんなアイナを見ていると、涼羽にはさっきまでの緊迫《きんぱく》感が夢だったのではないかと思えてくる。

「すみません、私もちょっと混乱してて……」と、涼羽は少し考えてから、「では……質問を改めます。まず、彩離さんが本物の銃を持っていたのはなんでですか？　いくら海外にいたといっても、日本の銃刀法《じゅうとうほう》がまだ変わっていないことくらい知っています」

「堤《つつみ》彩離は、ある武装集団に所属しています……」眠そうな顔のまま、アイナが言う。

「非合法な組織ではありません。日本政府はその武装集団が国内に大量の武器を持ち込《こ》み、戦闘を行うことを『黙認《もくにん》』しています……」

「その武装集団にお兄ちゃ……私の兄、大牙謙吾も所属している？」

「その通りです……民間軍事会社『グリークス』の実戦部隊……」

「民間軍事会社……」

涼羽はその職業のことを知っていた。

世界には古くから傭兵《ようへい》と呼ばれる人間たちがいる。金をもらって、戦う。それだけのシンプルな仕事だ。

民間軍事会社は、傭兵部隊の発展形である。

プライベート・ミリタリー・カンパニー。通称PMC。

民間の会社だが、社員はすべて何らかの形で戦争に関わる。当然、武装した戦闘要員も多く所属している。

国家や何らかの公的な組織——時には非合法な組織——が、PMCと契約《けいやく》を結ぶ。その契約内容にしたがって、PMCの戦闘部隊が現地に赴《おもむ》き、依頼主のかわりに戦う。その戦いは、ただ単純に会社の利益のために——。

かつての傭兵部隊とPMCの違いは、その規模の大きさと高度なシステム化だ。

たとえば、アフリカに発展途上国《とじようこく》があるとする。その国では、満足に戦闘を指揮できる指揮官も、兵士を一人前《いちにんまえ》にする訓練教官もいない。その国に人材を派遣するのもPMCの仕事の一部となっている。

他にも、旧式の装備しか持っていない国に最先端《さいせんたん》の兵器をレンタルする業務、大統領や大臣クラスの要人警護など、その業務内容は多岐《たき》に亘《わた》る。大きなPMCになると、小国を滅《ほろ》ぼすくらいなら簡単にできるという。

「非対称戦争の産物ですね……」

涼羽は、独り言のように言った。

「難しい言葉知ってるじゃない」と、大迫が微笑む。

「非対称戦争？」彩離が首を傾げた。

「お前は知ってなきゃダメだろ」謙吾がたしなめた。

「う、うい……」彩離はしょんぼりとした顔。

「非対称戦争ってのは、戦力や経済力がまったく釣《つ》り合っていない二つの勢力が戦争してる状態のこと。わかりやすくいうと、ベトナム戦争なんかがその『はしり』だ。テロ、ゲリラ、内戦、民族紛争——。冷戦終結以降、世界の戦争のほとんどはこの非対称戦争になったと言っても過言じゃない」

非対称の戦争には、大国の軍隊は手を出しにくい。その隙間を埋める形で、ＰＭＣは瞬《また》く間に業績を伸《の》ばしていった。

「この三人は……」と、アイナは謙吾、彩離、セルジュに目をやった。「グリークスの歩兵課特殊強化白兵戦小隊。大牙謙吾特務大尉《たいい》、堤彩離特務中尉《ちゅうい》、セルジュ・ドラグレスク中尉。チーム名は『ビーバス＆バットヘッド』。謙吾はユニット暗号名『バットヘッド

1』。彩離は『バットヘッド2』」

「お兄ちゃんが……戦争に参加してる⁉」

涼羽は驚いて言った。にわかには信じられない話だった。涼羽の頭の中には、大昔いつも泣いていた頃の謙吾の姿が強く残っていた。そんな過去の謙吾が、現在の謙吾に思い切り粉砕《ふんさい》されたような気分だ。

「驚いているようだな……無理もない」ユキナが口を開いた。「私も最初はそうだった。久しぶりに再会した幼なじみが民間軍事会社の傭兵になっていたんだ。信じられなかったよ。涼羽ちゃんの気持ちはわかる」

「ユキナさん……」

「断っておきますが、我々の活動はあくまで利益と正義のためです」

アイナは断言した。表情は相変わらずだが、言葉には力がこもっていた。

「正義……？」

涼羽の眉間に縦皺《たてじわ》が寄った。

正義――。その言葉は、民間軍事会社、そして戦争という事象には似合わない。

「正義という言葉を胡散臭《うさんくさ》く感じる涼羽さんの感受性は正しいと思います……」アイナは言った。どこか自嘲《じちょう》しているようでもあった。「間違っていない……。普通の軍隊、普通の民間軍事会社には、正義と戦争を両立させるのは不可能だからです……」

でも、とアイナは続ける。

「我が社――グリークスは、イデオロギー、宗教、民族などを無視し、人命と作戦担当者の個人的な感情を優先して行動を決定することができるのです……。アメリカや国連にも不可能だった、ただ『人々を救うため』だけの作戦行動が」

「…………」

アイナの言葉はまるで絵空事だった。涼羽はまだ子供だが、それでも一国の公女の家庭教師を務めるほどの才媛《さいえん》だ。ビジネスや戦争がきれいごとでないことくらいは知っている。

しかし、謙吾たちはアイナの言葉に納得していた。うなずいたりしたわけではないが、彼《かれ》らのぴくりとも動かない表情がそれを物語っていた。謙吾たちが愚《おろ》かで、アイナの言葉を鵜《う》呑《の》みにしているとは考えにくい。――つまり、グリークスにはアイナの言った何かしらの正義があるのだ。それが本物かどうかは別として。

――そもそも、本物の正義とは？

「正義はある」

謙吾が力強く言った。彼に注目が集まる。

「ここにあるんだ」

「…………」

涼羽は兄に気圧《けお》された。場が静まり返った。

謙吾の目と言葉には、確かな「力」がこもっていた。

「……まだ納得のいかないことも多いんですが……」しばらくして、ようやく涼羽が話題を変えた。「……次の質問です。学長の落ち着きやさっきの二人を見ていると、みんなはまるで私の命が狙われていることを知っていたみたいでした。どういうことですか……？」

「グリークスの情報部が、暗殺者の動きをつかんでいたんだな、これが」その質問に答えたのは、大迫伝次郎だった。「ヴェルトハイム公国で、反公王、公女派の勢力がイギリスに本社をおく民間軍事会社『バビロン・メディスン』と契約した。それに対抗《たいこう》して、公女は『グリークス』と契約」

「さっきの暗殺者は……その『バビロン・メディスン』とかいう会社の？」

「さすが、話が早いねぇ」大迫は軽い口調で言った。

涼羽は大して先を読んだわけでもないので、逆に馬鹿にされた気分だ。

「……まだこれから調べてみないとわかんないけどさ、装備から判断してそうだろう」

「一番大事なことを教えてください」

涼羽は紅茶のカップをデスクに置き、ぐっと身を乗り出した。

「どうして私の命が狙われたんですか?」

「バビロン・メディスンでも、いきなり公王や公女に危害を加えることはできません……」

アイナは、眠《ねむ》たそうに目をこすって言った。パジャマ姿なので完全にただの子供に見える。アイナも、涼羽に子供と言われたくないだろうが。

「あからさまな暗殺や政権転覆《てんぷく》は確実に国際問題になるし、ヴェルトハイム公国内で凄《すさ》まじい反発を呼ぶことになります……。そこで彼らは、公王・公女に近しい人間をリストアップし密かに排除していくことにした……。恐《おそ》ろしいことです……。そのリストの中に、公女の家庭教師でもある大牙涼羽の名前も……」

「そんな……!」

アイナの小さな可愛《かわい》らしい口から出て来た事実は、涼羽の背筋を凍《こお》りつかせた。確かに以前から反対派勢力の強硬《きょうこう》姿勢には恐《おそ》れを抱いていた。だが、まさかこんな高校生に暗殺者を送ってくるほど暴走していたとは——。

そこまで考えたところで、涼羽の脳裏をふと人影《ひとかげ》がよぎった。正装した公女の横顔だった。歳《とし》が近い二人は、公女と家庭教師というより、親友同士のようだった。

「反対派の動きに気づいたヴェルトハイム公王は、まず涼羽さんを帰国させ、さらに公女を短期留学させることにした」ようやく眠気《ねむけ》が落ち着いてきたらしく、アイナは比較的しっかりした口調になってきた。「日本は安全だと考えたのです。結局、バビロン・メディスンの暗殺者はここまで現れてしまいましたが……」

「……暗殺者……反公王、反公女勢力……」

涼羽の小さな唇が知らない間に震《ふる》えていた。自分が命を狙われているという事実がはっきりした上に、それよりショックだったのは敬愛する公王、公女に反対派の魔《ま》の手が迫《せま》ってきていることだ。

涼羽は、第二の故郷と言っていいヴェルトハイム公国のことが好きだった。公王も公女も、すばらしい人格者だった。

「これから私は……どうすれば……」

涼羽は、ここで学生としての日々が始まると思っていたのに——。

「涼羽は、そのままでいい」

と、謙吾は涼羽の頭を撫でた。人前で頭を撫《な》でられるのにはまだ抵抗《ていこう》があったが、たくましく成長した兄の大きな手の魅力《みりょく》には逆らえなかった。

「う――……」

しかしここで、涼羽は謙吾の手に傷跡《きずあと》が走っていることに気づく。四本の指の根元に、一度切断してからつなぎ合わせたような無残な傷跡がある。それがどうやってできた傷なのか、謙吾が傭兵としてどんな人生を歩んできたのか――。余計な空想が涼羽の頭の中を駆《か》け巡《めぐ》って、背筋に冷たい悪寒《おかん》が走った。

「俺たちはこう見えて戦争のプロだ」謙吾は続ける。「俺たちの戦争が普通の戦争と違うのは、国家に縛《しば》られないということ」

「その通りや」セルジュが相槌《あいづち》を打つ。「清く正しいショーバイっちゅーこっちゃ」

「お前がそういうこと言うと逆に胡散臭《うさんくさ》くなるだろ。何が商売だ」

謙吾がセルジュの後頭部をお笑い芸人のようにはたく。

「って。なんで相方《あいかた》でもない人間にツッコまれなあかんねん！」

「別に突《つ》っ込《こ》みのつもりではたいたんじゃねえ」

またケンカが始まってしまうのか――彩離があたふたと慌て始める。

「私は……」突然、岩清水ユキナが謙吾とセルジュの間に割って入った。「謙吾とセルジュは、相方同士のようなものだと思っているが？」

「う……」

ユキナが太陽のように明るい笑みを浮かべているので、それきり謙吾とセルジュは口論を続けられなくなった。

「ちょっと今、気になったんですけど……」涼羽は小声で大迫に訊ねる。「まさか、ユキナさんも傭兵……？」

いじめられっこだった兄が、プロの戦争屋になっていたのだ。兄の幼なじみが同じことになっていても、驚《おどろ》きはしない。

「いや――」大迫はかぶりを振った。「彼女は傭兵っていうか……まあ、サポート役ってところかなあ。とりあえず、ウチのチームの切り札と言っていいとは思う」

「切り札……？」

「ナイチンゲールだから、彼女」

大迫は、不可解なことを言った。

「ナイチン……ゲール？」

涼羽は首をひねった。――看護師、ということだろうか。

「まあ、あだ名みたいなもんだよ……」

そう言って、大迫は不敵に微笑んだ。

「む……」

「ヴェルトハイムの公女様が、この海神に短期留学しに来《く》るのはもう確定なんですか？」

謙吾が大迫に訊いた。

「明日の朝には、もう、留学生として紹介《しょうかい》することになると思うよ」

「もっと安全な場所に移動した方がいいと思うんですが……」

涼羽は控《ひか》えめに提案した。

すると、謙吾たちは笑った。なにしろ涼羽はＩＱ１６０だ。滅多《めった》にバカにされることがないので、笑われると少し驚いてしまう。

「ここより安全な場所なんて、日本にはあんまりないよ」と、謙吾。「あるとすれば習志《なら し》野《の》みたいな自衛隊の主要な駐屯地《ちゅうとんち》くらいかな」

「学校が？　自衛隊の駐屯地並みに安全？」

涼羽は納得がいかなかった。

「……この学校は……ただの学校ではないんです……」アイナが説明する。「中等部、高等部、大学には、それぞれ『特進クラス』が存在します……。特進クラスは、すべてグリ
ークスのアルバイトか社員なんです……」

「兄やセルジュさんだけでなく……クラス全員が傭兵!?」

日本に帰国してから、涼羽は驚くことばかりだ。

「……カモフラージュのために、普通の学生も通っています。しかし、普通の学生たちはこの学校の正体を知りません……」アイナは、涼羽を見据《みす》えて言った。眠たそうな目に、奇妙な迫力《はくりょく》が宿っていた。「……この学校はいくつかのダミー会社を介《かい》して、グリークスに経営されているのです」

「つまり……傭兵の訓練所を兼ねている？」

涼羽は恐る恐る確認した。

アイナは無言のままうなずき、涼羽は生唾《なまつば》を飲み込《こ》んだ。

――神聖な学《まな》び舎《や》が、まさか軍事基地紛《まが》いの場所だったとは！

「特進クラスの授業の一部は、一般の生徒の目に触《ふ》れない場所で行われる」と、大迫。「特進クラスには専用の訓練区域があってね。その周囲には機密保持のため高さ九メートルの塀《へい》が巡《めぐ》らされている。その区域じゃあ、装甲車や戦車を走らせることもある」

「……それも、日本政府は了承《りょうしょう》済み？」

「俺たちは」と、謙吾。「日本政府の依頼もいくつも片付けてるからね。海外で誘拐《ゆうかい》された日本人の救出。日本人へ危害を加えたテロ組織への報復……まあ、簡単に言うとたくさんの『貸し』があるわけだ」

「まるで映画の話を聞いているみたい……」

涼羽は呆然とつぶやいた。

「なんかの演劇で言うとったわ」セルジュが紅茶を飲んでから言った。「……この世界は劇場で、人間はすべて役者。人生は物語になるんやて」

「そのセリフには続きがある」

すかさず謙吾が言う。

「世界の劇場で上映される最も美しい悲喜劇は戦争だ、と」


夜が深まっていく。涼羽の疑問は増えるばかりだ。暗殺者の襲撃《しゅうげき》、反対派の怪しい動き、公女の来日――。知りたくなかったことを知ってしまった。次に何が起きるのかわからない。異常事態だ、と涼羽は思う。

しかし――、

「で、どないしましょ」と、いまいち緊張感に欠ける表情のセルジュ。

「どないも何も」もっと緊張感に欠ける顔であくびをしながら大迫が答える。「プロの戦争屋相手に日本の警察じゃ対抗できない。自衛隊は憲法や世論の関係で動けない。俺たちのチームで公女様も涼羽ちゃんも守る。それしかないっしょ。バビロン・メディスンがどの程度の戦力を投入してるかは知らないけどさ、まさかお前らほどの腕利きが女の子を守りきれないってことはないだろうし。あとは、必要があれば応援《おうえん》を呼ぶ。以上ってことで」

「それは……」涼羽は目を丸くして言った。「基本的には、今ここにいる人間だけでこの事態に対応するということですか？」

「ああ。前面で戦うのが謙吾、彩離、セルジュ。サポートするのがユキナ。現場の指揮官はこの俺大迫伝次郎」

「そんな少人数で……」

涼羽は驚くというより、呆れた。——これが有能な作戦指揮官？

大迫はにんまりと笑い、

「フォワードの三人……謙吾、彩離、セルジュは強いから平気へーき。一人一人《ひとりひとり》が戦車より強いんだから」

「戦車って……」

確かに、兄——謙吾は凄まじい成長を遂《と》げていた。テレビで見る格闘家《かくとう》、映画で観《み》るヒーローのように強かった。だがしかし、戦車よりだなんて有り得ない。

3

涼羽は、今晩は彩離の部屋で寝ることになった。昼間別行動が多かったセルジュが、彩離の部屋の前で寝《ね》ずの番をする。しばらく涼羽は彩離と一緒《いっしょ》に寝ることに抵抗していたが、謙吾の根強い説得で最後には納得してもらった。涼羽もそろそろ大人《おとな》に近づいてきた。まさか、謙吾と一緒の布団《ふとん》に入るわけにはいかなかった。

謙吾が校舎を出て高等部の学生寮に向かっていると、後ろからユキナが追いついてきて控《ひか》え目に「少し……一緒に歩いてもいいか？」と声をかけてきた。もちろん謙吾に断る理由はなく、帰る前に少し近所を散歩することにした。夜道を、二人並んでゆっくりと歩いていく。

「涼羽ちゃんも立派になったものだ」

ユキナが、感慨《かんがい》深そうに言った。

謙吾は「うん」とうなずき、

「うん、嬉しかった。俺の妹とは思えないほどしっかりしてた」

幼なじみの謙吾とユキナ。

しかし謙吾は父の命令で「普通の世界」から引き離されてしまう。

海神学園で数年ぶりに二人が再会した直後、ユキナは窮地《きゅうち》に陥《おちい》った。他でもない、グリークスの傭兵たちが、特進クラスの秘密を知ったユキナを拉致《らち》しようとしたのだ。そのことを知った謙吾は、幼なじみを守るために一時的とはいえグリークスを裏切った。仲間の傭兵たちと戦い、守ろうとした。ところがその戦いの中で、謙吾は胸に三発の弾丸を浴びてしまう。弾丸は心臓付近にまで達し、確実に致命傷《ちめいしょう》だった。

それでも、今謙吾は生きている。

ユキナが「ナイチンゲール」だったからだ。

道の両側に並んだ常緑樹が、夜風を浴びてささやき声を漏らした。四メートル近くまで生長したシマトネリコの葉がざあっと鳴って、風に吹《ふ》かれてスカートが舞《ま》い上がった。ユキナは短いスカートの端《はし》を手で押《お》さえた。

「うわっ！」

ユキナの顔は、旬《しゅん》のリンゴよりも真《ま》っ赤《か》になっていた。厳格な古流武術家の義父に育てられたユキナは、凜々しく頑固《がんこ》で勝気な性格に育った。文武両道。正義感が強く、曲がったことは大嫌《だいきら》い。しかし、そんな父親の教育方針のせいもあって、ユキナは恋愛《れんあい》に疎《うと》い恥《は》ずかしがり屋になってしまった。

「こ、この学校指定のスカートは短すぎる！」

照れを隠すために、ユキナが怒鳴《どな》った。

「だ、大丈夫だ……見えなかったから」

そう言った謙吾の顔も赤くなっていた。不器用な二人だった。

「なに顔を赤くしてるんだ謙吾！　いやらしい！」

「それはこっちのセリフだ！」

「知ってるぞ。謙吾は女の子ばっかり出てくるゲームが好きな変態なんだ」

「それは偏見《へんけん》だ。俺は女の子が出てこないゲームも好きだ！」

ここで、二人はようやく冷静になってきた。「夜中にいったいなんて会話してるんだ……」とユキナが落ち込み、謙吾も「なんか大人げなかったな……」と元気のない声でつぶやいた。

「涼羽ちゃんが、身長以外はあんなに大人っぽくなっていたのに、私たちときたら」

「俺は、体はともかく中身は昔とあまり変わっていない気がする。妹とは逆だ」

「そんなことはないさ、謙吾は中身も変わった。変わってないのは私だけだ」

「子供の頃、か……」

謙吾は思い出す。今から十年以上前——。

幼稚園《ようちえん》で一番体が大きな子供に石をぶつけられて、謙吾は泣いていた。その体が大きな子供の母親は「世の中にはいじめていい子と仲良くしたほうがいい子がいるの」と教育していた。愛人の子供で気弱な謙吾は、もちろん「いじめていい子」の方に分類された。

泣いているところに、涼羽が駆《か》けつけてきた。涼羽は謙吾の妹だったが、謙吾よりもずっと聡明で気が強く、いつもはきはきしていた。

涼羽は、謙吾に石を投げた子供に、もっと大きな石を投げ返した。涼羽がいない時は、幼なじみである岩清水ユキナの出番《でばん》だった。

「謙吾、いつまでも妹さんにめーわくかけてちゃ、だめだよ」

そんなユキナの言葉は、謙吾の心に強く響いた。

謙吾は夕日が嫌《きら》いだった。夕日の時間帯、謙吾は泣いていることが多かったからだ。その日も、謙吾は涼羽に慰《なぐさ》められていた。

「もっとしっかりしてよ……お兄ちゃん」

「うん……ごめん」


「そういえば、子供の頃謙吾は料理が得意だったな」

ユキナにそう言われて、謙吾の意識が現在に戻ってきた。昔のことを思い出して、少しぼんやりとしていた。

「今も得意だよ」謙吾は自信をもって答えた。戦場の技術以外で自慢《じまん》できるのは、料理の腕くらいだ。和洋中なんでもござれ。機嫌《きげん》がいいときには友達全員に豪華な料理を振る舞《ふま》う。安い食材を豪華に調理するのがポイントだ。

「また見てみたいものだ。謙吾のフルーツの飾《かざ》り切り」

ユキナは果物《くだもの》が好きだ。夏には、スイカを丸ごと一玉いける。二人がもっと幼かった頃、謙吾はユキナのためによくフルーツを花や動物の形にカットした。リンゴをウサギにする基本中の基本から、スイカを大輪のバラのようにする高度なフルーツ・カービングまで——。謙吾が飾り切りを行ったフルーツは、どんな宝石やアクセサリよりも輝いていた。

「あれは、特別な時にしかやらない」

謙吾は素っ気なく言った。

「特別な時って？」

「正月やクリスマスや……あと、誰かがすごい頑張《がんば》ったときとか」

「頑張ったとき？」

「ああ。最大限の感謝の印に」

第三章　公女と傭兵たち

1

――兄妹《きょうだい》に、大牙《たいが》の家に「その日」がやってきた。

謙吾《けんご》と涼羽《すずは》は、二階にある子供部屋《べや》の窓から外を見ていた。二人の視線の先には、両親の姿があった。この時すでに父は国会議員で、これから所属する派閥《はばつ》の資金集めのパーティーに出席する予定だった。涼羽は、両親に早く家に帰ってきて欲しくて、精一杯《せいいっぱい》手を振って自分たちの存在をアピールしていた。

先に母が車に乗り込んだ。母は家の二階にいる子供たちの視線に気づいて、微笑《びしょう》して軽く手を振った。謙吾と涼羽は大はしゃぎでそれに応えた。

母が乗った公用車は高級セダン、トヨタのレクサスだ。色は黒で、当たり前のように防弾仕様だった。いかにも政治家の車という感じがして、兄妹はあまり好きではなかった。謙吾は「もっとロボットっぽい車」のほうがよかったし、涼羽は「あちこち丸っこい車」のほうが好みだった。

父もレクサスに乗り込もうとした時、爆発が起きた。一二キロのC4プラスチック爆薬《ばくやく》につけられた信管が、時限装置で起爆《きばく》したのだ。その光景が、謙吾と涼羽には映画のスローモーションのようにゆっくりりと見えた。

両親はどちらも爆発に巻き込《こ》まれたが、父は一命をとりとめた。それでも大火傷《おおやけど》を負い、体中に破片が突《つ》き刺《さ》さって後遺症《こういしょう》が残った。

爆発に吹き飛ばされて、母の体は車の屋根を突《つ》き破った。燃えながら宙を舞《ま》って、バラバラに散らばった。家の屋根にかつて母を構成していた肉のかたまりが落ちて、ぼとぼとと不気味な音を立てた。血と肉の雨が降ったようだった。

「…………」

私立海神《わだつみ》学園、高等部学生寮。

涼羽の警護をセルジュに任せて、謙吾は仮眠《かみん》をとっていた。謙吾は、どんなに疲れていても一時間半の睡眠《すいみん》で頭がすっきりする。疲労《ひろう》もほとんど抜《ぬ》ける。そういう風に訓練されたのだ。作戦が始まれば四日間の徹夜《てつや》が可能。立ったまま、あるいは座ったままの姿勢で、数分ずつ区切って睡眠をとることもできる。

そんな謙吾のはずなのに、今日の寝覚《ねざ》めは最悪だった。肩に重いものがのっているような感じがした。たっぷり汗《あせ》をかいてシャツが濡《ぬ》れていた。急に不安になって、謙吾は枕《まくら》の下に手をやって護身用の武器を確認した。そこには、ナイフとルガーの二二口径拳銃が隠されていた。どちらも使い慣れた武器だ。

謙吾はベッドから出て、洗面所に向かって鏡を見た。そこに映っていたのは、いじめられていた弱い自分ではない、グリークスの傭兵である今の自分だ。

「ふう……」

ため息をつく。久しぶりに夢を見た。忘れてしまいたい過去。

「涼羽……」思わず、独りごちる。「俺は約束を守れてるよな……」

2

私立海神学園の広い敷地に、大使館ナンバーのリムジンが入っていった。リムジンには、警護のミニバンまでついている。狙撃《そげき》を警戒《けいかい》して、車の窓にはすべて濃《こ》いスモークがかけられている。常緑樹林のトンネルを抜けて、高等部の校舎へと近づいていく。

途中、リムジンは一般の生徒たちとすれ違った。海神学園は一流の設備を有し、国内外から優秀《ゆうしゅう》な人材が集まっているので、生徒たちは「ああ、また特進クラスに新しいＶＩＰが入学してきたんだな」と思った。

リムジンが高等部の校舎の前で停まった。まず、警護のミニバンから黒いスーツの男たちが降りて、リムジンの周囲を警戒した。スーツの男たちは全員、上着の下が拳銃のホルスターで膨らんでいた。高等部学長の厳島《いつくしま》アイナ、大迫伝次郎《おおさこでんじろう》、謙吾、涼羽、彩離《あやはな》の五人で迎えた。助手席から現れた一際体の大きな男が、後部座席のドアを開けた。その奥から、一人の女性が降りてくる。

ヴェルトハイム公国の公女、フランシスカ・ヴェルトハイムだ。

彩離は「公女様」という響きから、おとぎ話のプリンセスのような少女を連想していた。フリフリの高価なドレスに、絹のような白い肌。ナイフやフォークより重いものを持ったことがない細い腕——。それがまさか、公女様は家庭教師の涼羽よりもずっと年上だったとは。

公女フランシスカ・ヴェルトハイムは、ブランドもののメガネをかけた知的な女性だった。レディース・スーツ姿で、黒いハイヒールがよく似合っている。

フランシスカの形のいい唇が、涼羽の姿を見つけて笑みを作った。

「スズハ！」

「公女様……！」

フランシスカは涼羽に駆《か》け寄り、抱《だ》き上げた。涼羽も強く抱き返した。かなり身長差があるので、母が娘を可愛《かわい》がるようだった。公女も涼羽も、満面の笑顔《えがお》だ。二人の間にある、強い絆《きずな》を感じさせた。

「命を狙われたと聞きました、涼羽」

フランシスカは滑《なめ》らかな英語で言った。公女や涼羽が英語が使えるのは当然として、海神学園の特進クラスに英語が使えない人間は一人もいない。

「はい……でも、兄が……民間軍事会社グリークスが守ってくれました」

「それはよかった……やはり、契約しておいて正解だったようです」

アイナや大迫の前に、リムジンの助手席にいた大男が進み出た。

「私は、ヴェルトハイム公国陸軍大佐《たいさ》ミリアム・ギザンです。公女様の警護を担当しております。グリークスの責任者の方々ですか？」

「連隊長の厳島アイナです」

「現場指揮官の大迫です。隣にいるのは部下の謙吾と彩離」

ミリアムはまず、ただの少女にしか見えないアイナがかなりの高官であることに驚いた。

それから、謙吾と彩離に目をやる。

「こんな子供ばかりの部隊など……信じられない」

ミリアムはため息をついた。

「俺が子供なのは否定しませんが……」すかさず謙吾は言った。「日本の有名な戦国大名織《お》田《だ》信長《のぶなが》の初陣《ういじん》は一四歳。諸説ありますがチンギス・ハーンは一〇歳で結婚《けっこん》し初陣は一五歳だったとか……」

「む……」

チンギス・ハーンの名前を出されて、ミリアムは不愉快そうに眉間にしわを寄せた。ヨーロッパの軍人には苦手なものが三つある。十字軍の失敗、モンゴル軍の侵略《しんりゃく》、ナチスドイツだ。十字軍やモンゴルの来襲《らいしゅう》は大昔の話だが、ヨーロッパの軍人はいまだそのことを気にしている。戦争の記憶《きおく》は何世代も受け継《つ》がれるものだ。そのことに軽く触れることで、謙吾はさりげなくミリアムを挑発《ちょうはつ》した。

「……ここから先の警護は我々が引き継《つ》ぎます」

ミリアムは気を取り直して言った。

「それは契約内容にはありませんなあ」と大迫。

「なにしろ、公女様は我らの国の次期国家元首です。警備を丸投げというわけにはいきません。しかも、あなたがたは昨晩学生寮に侵入者を許したそうですね」

「……それに関しては……完全にこちらの落ち度です……」

アイナがうつむきがちに言った。

「六人ほど、我が軍のものを同行させます。私も含めて」ミリアムは強い態度だった。

「構いませんね？」

「仕方ないですなあ……」大迫は渋々うなずいた。「受け入れましょう」

海神学園高等部第一校舎の三階に、特進クラスの教室が存在する。一般の生徒から「隔《かく》離《り》教室」と揶揄《やゆ》されるその空間は、ぱっと見《み》普通のクラスとなんら変わりない。男子二四名、女子二〇名。休み時間には雑談や笑いが飛び交い、放課後には部活動に励《はげ》んだり駅前に遊びにいったりするどこにでもいそうな少年少女たち。しかしその正体は、ＰＭＣグリークスのアルバイトか社員だ。四四名の生徒たちは全員密かに軍事訓練を受けていて、そのうちの数名は謙吾たちのように何度か実戦を経験している。

大牙謙吾、岩清水ユキナ、堤彩離、セルジュ・ドラグレスクの四人は、久しぶりに教室にそろっていた。セルジュは謙吾の右隣の席、彩離は謙吾のすぐ後ろの席だ。ユキナの席だけが少し離れている。ユキナは途中編入だったので、教室の一番後ろのスペースしか入る場所がなかったのだ。

「警護任務中の訓練授業は免除《めんじょ》……か。ありがたい話や」

セルジュがほくほく顔でつぶやいた。

「公女様、涼羽の警護は俺たちが交代で担当する。授業は免除されているとはいえ、空いている時間は『自習』しておくべきだ」

そう言ったのは難しい顔の謙吾だ。

「ほんま謙吾は生真面目《きまじめ》やのう」

「お前が不真面目すぎるんだ」

「謙吾かて、俺の力は知っとるやろ。特別なガキが集まったこの特進クラスの中で、俺は一際《ひときわ》特別な力をもっとる。普通の訓練なんてアホらしゅうてやってられんわ」

「そういった慢心《まんしん》がいつか実戦でのミスを呼ぶんだ。それがなぜわからん」

「なんや、謙吾はご機嫌斜《なな》めか」

「二人ともやめろよー！」彩離が悲鳴をあげた。「あ、ほら、先生きた！」

教室のドアが開いて、担任の大迫伝次郎が入ってきた。

「今日は留学生と転校生を紹介するぞー」

謙吾たちはもう知っていることだった。特進クラスの生徒たちも、それほど驚いてはいなかった。

「西ヨーロッパからやってきたフランシスカさんと、謙吾の妹の涼羽さん」

謙吾の妹、という大迫の紹介にクラスメイトたちが反応した。

二人が入ってきて、クラスメイトたちの間から声があがった。謙吾の妹と聞いて、もっといかつい女が入ってくると想像したのが外れたのだ。

ただ、教室に入ってきたのは二人だけではなかった。余計な人間がついてきた。六人の、黒いスーツの男たち。ミリアム・ギザンが率いるヴェルトハイム公国陸軍の兵士だ。

「困りますよミスタ・ギザン」

大迫が口を「へ」の字にした。

「ここまでついてこないと警護の意味がない」

ミリアムは一歩も譲《ゆず》らない構えだ。

「必要ないと思うんですけどねえ……まあいいか」大迫は自分の頭をぽりぽりとかき、「とりあえず紹介の続きな。今のやりとりでもうみんなもわかったろうけど、フランシスカさんは世界的なＶＩＰなので警護がつく。隣にいる謙吾の妹さんも警護対象だったりする。二人とも通常の授業にはほとんど参加しないだろうけど、まあ仲良《なかよ》くしていきましょうや」

「よろしくお願いします」

フランシスカが軽く頭を下げた。次に、涼羽も同じようにした。フランシスカはこの学校に来た時レディース・スーツ姿だったが、今はもう制服に着替《きが》えている。

「何か二人に質問はあるかなー？」

大迫が自分の生徒たちに向かって訊ねた。

「はーい」と、セルジュが挙手。

「なんだ」

「フランシスカさんのスリーサイズ気になります」

セルジュの軽口《かるくち》で、教室のあちこちから笑いがあがった。

だが次の瞬間、警護担当のミリアムは顔を真っ赤にして上着の下のショルダーホルスターから拳銃を抜いた。

「なんだその無礼な質問は！」

ミリアムは激昂《げっこう》した。

明らかにやりすぎな反応だ。「銃はねぇだろ銃は」と大迫は頭を抱《かか》える。

普通のクラスならこれで静まり返るかパニックに陥るところだ。海神学園高等部特進クラスの場合、そのどちらでもなかった。ミリアムの銃を見た瞬間、特進クラスの生徒たちはそれぞれの愛銃を懐《ふところ》から抜いた。男子も女子も、異常なまでに素早い動きだった。ほとんど条件反射レベルだ。

逆に、ヴェルトハイム公国の兵士たちが顔色を青くした。フランシスカと涼羽も目を丸くした。

「……銃の数はこっちが上なんだ」大迫が申し訳なさそうに言って、銃を構えたまま固まってしまったミリアムの肩を叩いた。「ここはこういう学校でね。クラス全員がプロフェッショナルかプロになりかけの人間だ。そんなハジキなんて簡単に抜いて、蜂の巣にされちゃっても知らないよ？」

「…………」

ミリアムは生唾《なまつば》を飲み込みつつ、銃をホルスターに戻した。

特進クラスの生徒たちも、何事もなかったかのように銃を片付ける。

「こりゃあ先が思いやられるなあ……」

と、大迫はなぜか楽しそうな顔でつぶやいた。

3

ビルの屋上に、大柄《おおがら》で筋肉質な男が五人いる。

五人は、レーザーで距離を測定する機能のついた軍用双眼鏡《そうがんきょう》を持っている。双眼鏡のレンズが拡大しているのは、遠く離れた海神学園の校舎だ。

「……あの学校が、普通の軍隊の基地よりヤバイって本当なのか？」

五人のうちの一人が言った。男たちは全員、国籍《こくせき》も年齢《ねんれい》もバラバラだ。ただ、五人に唯一共通しているのは、人を殺すことをなんとも思っていない無感情な目をしているということ。

「本当だよ。迂闊《うかつ》に上を飛べば撃墜《げきつい》される。MBTも校舎に隠してあるらしい」

「巡航《じゅんこう》ミサイルの『誤射』を撃ち込《こ》めないかな？」

「そこまでやって、公女様や大牙涼羽を生け捕《ど》りにできる保証は？　第一、ウチとグリークスの全面戦争をここで始めるわけにもいかない。俺たちは裏方かつ、主役。難しい立場なんだよ」

「グリークス、か……」

「ああ、それも『ビーバス&バットヘッド』のチームだ」

「売り出し中の、腕利《うでき》きぞろい」

「ダルフール、チェチェン、アフガニスタン、イラク……世界中の危険地帯で見かける連中だ」

「俺たち『ベテルギウス』の相手に相応《ふさわ》しいじゃないか」

「イラクで戦闘になりかけたが、結局やり損ねた。今回はいい機会かもしれん」

グリークスの商売敵、民間軍事会社バビロン・メディスン。

特殊任務大隊所属、最先端機械化分隊——通称「ベテルギウス」の五人。

4

海神学園高等部の学生寮。

涼羽の部屋は高等部学生寮二階、二二〇号室。

公女の部屋は二一八号室になった。

大迫は、特別に空けてもらった二一九号室に謙吾、彩離、セルジュの三人を集めた。

「警備の態勢だが」と、大迫は切り出す。「学生寮の警備は昨晩の一件以降強化されてる。

俺たちがそんなに神経質になる必要はないだろうが、まあ、何が起きるかわからんからな。謙吾は基本的に涼羽さんに、公女様にはセルジュがつけ。で、どっちかが休憩《きゅうけい》をとるときは彩離がサポートに入れ。休憩時間がかぶらないように、今のうちに調整を」

「了解」と、謙吾たちは口々に応えた。

大迫は「よし」と小さくうなずき、

「あと、念のためにGENEZ《ジーンズ》の準備もできてる。ストライカー装甲車にのっけてあるから、電話一本で呼び出せる」

「国内の戦闘でスーツが必要になりますかね？」

と、謙吾は首をひねった。

「暗殺が失敗したんだ。次も同じ手で来るってことはないでしょ」と、大迫。「必ず強硬手段で来る。そうなったときは、スーツがないときっとやばくなる。あと、通常装備はIIIAの許可が出てる。——他に質問は？」

生徒たちからは何もなかった。似たような任務は何度もこなしてきた。極端な話、大迫の指示が何もないとしても、この三人ならある程度臨機応変に対応できる。

「よし、じゃあこれで解散。俺は職員室に、彩離は時間まで自分の部屋で待機。全員、余《よ》裕《ゆう》があるうちに睡眠や食事をすませておけよー」

そう言い残して、大迫は部屋を出ていった。

「じゃ、あたしは部屋に戻ってますね」と、彩離も立ち去った。自室で待機して休養をとり、非常事態に備えるのも立派な任務だ。


部屋には、謙吾とセルジュが二人きりになった。先に動いたのは謙吾。パンッ、と軽く手を叩いてから、セルジュに「さてと、俺たちも準備するか」と言った。

「謙吾が涼羽ちゃんで、俺が公女様やな」

セルジュの確認に、謙吾は「ああ」とうなずいた。

「ちょっとええよなあ……あの公女様」

と言って、セルジュはフランシスカ・ヴェルトハイムの知的な美貌《びぼう》を思い出し、だらしなく相好《そうごう》を崩した。

「……なんだそりゃ」

謙吾は嫌な予感がした。この話題を続けると面倒《めんどう》くさそうだ。「そんなことより韓国軍《かんこくぐん》の状況と半島のこれからについて話そうぜ。議論しようぜ！」などと強引に話題を変えようとしたが、それより早くセルジュが話を続けた。

「いや、そのロマンス的な意味合いで、や」

「ロマンスねえ……」

謙吾は気のない返事をした。確かに、フランシスカ公女は美しい。惚《ほ》れっぽいところがあるセルジュが盛り上がってきたのは理解できる。できる、が――あまりにもバランスが悪すぎる。立場が違いすぎる。このままではセルジュは不可能に挑《いど》むドン・キホーテだ。

「『ローマの休日』みたいでええやん」と、高いテンションのままセルジュ。

「あれは王女様と新聞記者だろ。王女と傭兵って組み合わせはハードル高いぞ。たとえるなら、ギャルゲーマニアが声優さんを狙うくらい不可能に近い」

「暇《ひま》があったらアタックしてみようか……」

「全然俺の話聞いてないな……まあ、無駄だと思うが」

「そう言われると逆に燃えてくるもんや」

「そういう意味じゃなくてだな……」謙吾は、さすがに言いにくそうな顔をした。セルジュとはいつも口論しているが、本気で傷つけたいと思ったことはない。「今までも、フランシスカ・ヴェルトハイム公女には多くのＶＩＰが求婚《きゅうこん》した。アメリカ政界の大物、石油王の長男、世界的に有名なＩＴ企業《きぎょう》の社長……しかしその全員が失敗した。断った理由を訊かれて、公女様は『学歴や家柄《いえがら》や年収でなく、本当に頭がいい人を探しているから』と答えたそうだ」

「じゃあ、俺でぴったりやん」

「お前のその底抜《そこぬ》けの前向きさには素直に感動するよもう」面倒くさくなったので、謙吾は仕事の話題に切り替《か》えた。「……それより、装備はレベルⅢAだっけ？」

「ああ。大迫センセはそう言うとった」

レベルⅢA装備とは、ⅢAと呼ばれる規格の防弾装備を相手にしても十分戦えるだけの武装のことを指す。ⅢAレベルの防弾装備といえば、ほとんどの拳銃用弾薬《だんやく》を防ぐことが可能だ。それに対抗するには、徹甲弾《てっこうだん》やライフル弾が必要になる。

学生寮のすべての部屋には、クローゼットの奥に隠し扉《とびら》、隠しスペースがある。指紋・静脈パターン認識タイプのロックを開錠しないと使えない。二人は、その隠しスペースから専用のスポーツバッグを取り出した。海神学園の校章――獅子《しし》と二本の長槍《サリッサ》を組み合わせたもの――が刺繍《ししゅう》されたスポーツバッグは、学生傭兵たちが目立たずに武器を運搬《うんぱん》するためのものだ。

中には、小口径の高速徹甲弾を使うFN社の5・7ピストルや、P90サブマシンガンが入っていた。他にも閃光弾《せんこう》や手榴弾、暗視装置、ガスマスクなども用意されている。

「護衛にはやっぱこの手の銃が一番だな」

そう言って、謙吾は5・7ピストルを手にとった。弾倉を抜く。中身は空だ。スライドを引いて薬室に弾が残っていないかチェック。安全な状態にしておいてから、ずんぐりとした弾倉に小さいが確かな破壊《はかい》力を秘めた弾丸を詰めていく。何千何万回もやってきた作業だから、手馴《てな》れたものだ。二〇発入る。

「俺はいまいちやな……もっとごついのがええねん。常時レベルⅣ装備でええやん」

謙吾と同じ作業をしながら、セルジュはぼやいた。

「学校内での護衛任務に、これよりごつい銃なんて必要ないだろ。何考えてんだ」

謙吾は拳銃本体に満杯《まんぱい》の弾倉を装塡《そうてん》。ガシャッ、と鋭い音が響く。

「そういや謙吾は五・五六ミリのライフル弾も『アリ』とか言うし」

「目的によっては七・六二も便利だろう。だが、普通の戦場なら五・五六で十分」

「それで米軍はイラクで苦戦したやないか。七・六二ミリ口径のライフル弾を軽視したツケが回ってきたんや」

「あれは現場ではなく、戦略レベルでのミスに起因している。そもそも、米軍は明確な勝利条件を設定しないままイラクでの戦争を始めてしまった。石油利権を欲しがっているのは明白だったが、虐殺と占領《せんりょう》のあとイラクをどうしたいのか具体的なビジョンがまるでなかった」

「戦略レベルの話を現場に持ち込《こ》むなや」

「戦略なしで現場が成立すると思ってんのか」

白熱してきた。

謙吾とセルジュの距離が徐々《じょじょ》に縮まっていく。

その時――、

「うわー、やっぱり……」

ドアが開いて、彩離が戻ってきた。

謙吾は彩離に顔を向けて「どうした」と一言。

「いや……謙吾とセルジュを二人きりにしちゃったんで、絶対口論が始まると思って引き返してきた。案の定だった……」

彩離がこれ見よがしにため息をついた。

「くっ……!」

きまりが悪くて謙吾とセルジュは思わず低くうめいた。何より、彩離の予想通《どお》りに行動してしまったことが悔《くや》しかった。

「彩離みたいなバカに行動を読まれた……」

「俺たちもまだまだっちゅうこっちゃな……」

「今度あたしをバカって言ったら殺す……まあ、それはさておき、一個報告。戻る途中、情報部の人間から聞いた話。昨晩、涼羽ちゃんを襲《おそ》った連中なんだけど」

「何か吐《は》いたか」

「いえ。それはまだ。ただ、装備がおかしかったんだって」

「装備？　サイレンサーつきの拳銃だったろ」

「問題は、弾丸。実包じゃなかったらしい」

「どないなってんねん、それ」

「昨晩の連中が持ってた拳銃に装填されてたのは、訓練用のプラスチック弾。すごい衝撃があるんだけど、致死《ちし》性はほとんどない。つまり、相手を行動不能、もしくは気絶させるための弾丸ってこと」

不意に、謙吾の携帯が震えた。メールを着信したのだ。

「悪い」と断って、謙吾は携帯を開いた。「……学長からの呼び出しだ」

岩清水ユキナは、突然厳島アイナに携帯メールで呼び出された。

高等部第一校舎一階、高等部学長室に入ると、中世ヨーロッパ貴族の書斎のような豪華な部屋の中央にいつも眠そうな顔の少女――厳島アイナ――がいた。

ユキナは、アイナのことが少しだけ苦手だった。アイナはおっとりしていていつもふわふわしているが、とある事情で部下にユキナを拉致《らち》・監禁《かんきん》するよう指示を下したことがある。油断のならない少女なのだ。

「どうも……」

「………」

ユキナが挨拶しても、アイナは「ぼーっ」としていた。

「えーと……その、何の御用《ごよう》でしょうか？」

「それは……謙吾も来てから……話します……」

「あ、謙吾も呼び出されているんですね」

「はい……」

それで会話が終わった。

「………」

アイナはいつも通りの表情だが、内心は不機嫌だろう。ユキナは、アイナに嫌《きら》われている。それを肌で感じる。普段は隠しているものの、その正体が知れ渡ればユキナは世界中の諜報《ちょうほう》機関に追われることになる厄介者《やっかいもの》だ。じりじりと部屋の空気が焦《こ》げるような雰囲気を感じつつ、ユキナは学長室の中をなんとなくうろうろしてしまう。足が豪華なふかふかの絨毯《じゅうたん》に少しだけ沈む感覚がちょっと楽しくなってきた頃、大牙謙吾がやってきた。

「すみません、少し遅れました」

「……いえ、大丈夫。気にせずに。今から、二人を呼び出した理由を説明します……とりあえず二人とも……ソファにどうぞ」

「はい」「どうも」と、謙吾とユキナは来客用のソファに腰をおろした。ユキナは、もっと早く着席を勧《すす》めて欲しかった、と心の声でぼやいた。

「……いよいよヴェルトハイムの公女様がこの海神学園に到着《とうちゃく》しました……本来なら喜ぶべきことなのですが、トラブルを抱《かか》え込《こ》んでしまったこともまた事実……すでに、敵対勢力として強力な民間軍事会社が確認されています……」

「楽な仕事とは言いませんが」と、謙吾。「修羅場《しゅらば》は何度も潜《くぐ》ってきています。プロとして、どんな事態にもベストの対応を」

「……もちろん、最高の仕事を期待しています……」眠い目をこすりながら、アイナ。こんなに眠そうなのに言っていることは結構真面目な話だから困る。「ただ、GENEZ《ジーンズ》に対抗できるほどの強敵が現れた場合……アタッカーとナイチンゲールの関係が良好でなければ、不覚をとることになるかもしれません……」

　アタッカーとは、つまり大牙謙吾のことだ。

「関係……」

「良好……」

謙吾とユキナは、思わず顔を見合《みあ》わせた。

ユキナのあだ名は子供の頃から「漢女《おとめ》姉さん」。義父から仕込《しこ》まれた古流武術の腕と曲がったことが許せない性格のせいで、友達が極端に少なかった。ユキナは恐《おそ》れられていたが、敬われてはいなかった。そんなユキナに、謙吾は平気で近づいてきた。子供の頃の謙吾はひ弱ないじめられっこだったのに、ユキナのことを恐れていなかった。「私が怖くないの?」と訊いたら、幼い謙吾は「ユキナちゃんはとても強いだけで、とても優しい」と言ってくれた。

謙吾と一緒にいるのは、ユキナにとって故郷の陽《ひ》だまりにいるような感覚だった。料理が得意で、読書好きで、笑顔がとびきり優しい謙吾は、近くにいる人間の心を温かくする力を持っていた。おとなしさや穏《おだ》やかな性格が裏目に出ていじめられていたが、ユキナは謙吾はそのままでいいと思った。

しかし謙吾は、突然ユキナの前から姿を消した。本当に何の前触《まえぶ》れもなかったので、ショックだった。教師は「家庭の事情」と言っていた。謙吾の母親がテロで殺されたのは有名な話だったので、それが関係しているのかもしれないとユキナは思った。もちろん、長い間納得できなかった。——どんな事情があるにしても、何も言わずに引っ越すなんてひどすぎる。

　そして二人は、海神学園で再会した。

　ユキナは海神学園が「特殊な」学校とは知らなかったし、謙吾もつい最近まで同じ学校に彼女が通っていることを知らなかった。

　海神学園の正体――多数の学生傭兵を抱える民間軍事会社であるということ――を知ってしまったユキナは、学長の命令で追われる身に。

　グリークスの追手からユキナを守ったのが、再会したばかりの謙吾だった。すっかりたくましく成長した謙吾は、傭兵として個人的にユキナと契約した。

　契約内容は単純だ。

『大牙謙吾は、ナイチンゲールである岩清水ユキナを全力で守る』――。

「関係はその……良好です」

　少し照れながら、ユキナは言った。

「それなら」と、アイナ。「……ナイチンゲールの力をアタッカーに伝えるための『例の手続き』を、今すぐに実行することはできますか？」

　例の手続き――。そう言われて、謙吾とユキナは顔を真っ赤にした。ユキナには不思議な力がある。その力で、謙吾は本当の意味で無敵となる。しかし能力の発動に必要な手続きは二人にとってとても恥《は》ずかしいことであり、人前でするようなことでもない。

「今すぐっていうのはちょっと……その必要性もありませんし」

謙吾が渋《しぶ》い顔で言うと、

「……必要性云々《うんぬん》の話ではなく……問題は、いつでもどこでもあの手続きが行えるかどうか……それほど手間のかかるものでもないですし……」

「む……」

謙吾は反論の言葉を失った。確かに、手間はかからないのだ。恥ずかしいだけで。

「うう……」

ユキナは、困り果てて横目で謙吾を見た。謙吾は正面を見据えたまま、ユキナと目を合わせてくれない。ユキナはもちろん謙吾のことが嫌いではないが――。

「と、とにかく、関係は良好です！」謙吾が、少し怒ったような声をあげた。もう、理屈《りくつ》ではなかった。「今ここではやりたくありませんが、いざという時には必ずやれます。それでいいんじゃないですか……！」

「………」

あまり強く言われると、ユキナとしては複雑な気分だった。

「妹に話があるので、これで」と言い残して、謙吾はそのまま踵《きびす》を返して部屋を出ていっ

てしまった。

そんな謙吾の離れていく背中を見て、ユキナは小さく「あ……」と声を漏らした。

「……不安ですね……」

アイナはぽつりとつぶやく。

「ゲームの女の子には強気《つよき》に出るくせに、謙吾は妙に堅物《かたぶつ》なところがあるから……」

第四章 バビロン・メディスンの挑戦

1

謙吾《けんご》は二二〇号室のドアをノックする。「どうぞ」と、涼羽《すずは》の声が返ってきたので謙吾は中に足を踏み入れた。

「防犯カメラもあるし、ノックなんて必要ないでしょ。お兄ちゃん」

涼羽は微笑んだ。新しいノートパソコンのセッティングを行っていた。

「でも、ノックは礼儀《れいぎ》だろ」

「そういう生真面目《きまじめ》なところは昔のまんまだね」

「……そうかな」

昔、と言われて謙吾は苦い顔をした。昔の自分は嫌いだ。嫌いな自分を捨てるためだからこそ、謙吾はどんな辛い訓練にも耐《た》えた。成長するということは、謙吾にとって過去を捨てることと同義だった。

「ねえ……お兄ちゃん。私たちが離《はな》れ離《ばな》れになったあと……何があったのか訊いていいかな？」

涼羽がそんな質問を口にした。

「うーん……」

その質問が来ることは覚悟《かくご》していた。謙吾の前に並んだ選択肢《せんたくし》は二つ。

A・正直にすべて話す。B・適当にはぐらかす。

「たとえば、何が聞きたいんだ？」

「お兄ちゃんは……どうして傭兵《ようへい》になんか、なったの？」

「『傭兵なんか』はひどいな。最も古い職業の一つだ」

「それくらいは知識として知ってる。古代エジプトや古代ギリシャの歴史書には、もうその存在が記されている。神話や民間伝承に登場する傭兵も含めれば、もっと歴史は古くなる。問題は、歴史じゃなくてお兄ちゃんのこと」

「お前と一緒さ、涼羽」謙吾は、Aを選んだ。「親父の命令、ってこと」

「お父《とう》さんの……」

一言で、涼羽の表情が固まった。二人の父——大牙厳一《たいがげんいち》。この兄妹《きょうだい》にとって、父は恐怖を司《つかさど》る神と言ってよかった。父は政府の高官であり、父の言葉は絶対だった。兄妹に母親はいなかった。テロ事件に巻き込まれて、目の前で爆死《ばくし》した母。父が恐ろしい人間になったのはそれが切っ掛《か》けだったらしい。

厳一は、子供を駒《こま》か競走馬のように扱った。

高い知能の涼羽は海外の一流大学に送り込《こ》まれ、そして謙吾は——。

「……親父は俺を『使い物にならない』と思っていた」

謙吾は努めて感情をこめないようにして言った。

「そんな……」

涼羽は悲しげに眉をひそめた。

「本当のことさ。だから少年兵専門の訓練キャンプに俺は無理やり入れられた」

話しながら、謙吾は少しだけ当時のことを思い出した。

そのキャンプは、中東にあった。砂漠《さばく》のど真ん中だ。

「そこで、親父は俺が死ぬと確信していた。だが、そうはならなかった。俺は結局、そこで生き延びた」

「私は……」

涼羽は力を失い、うなだれた。震える両手を自分の膝の上に並べる。

「お兄ちゃんは普通の学校に通ってるって聞かされてた……」

「実際は違う」

謙吾は唇を歪めて皮肉っぽく笑った。

「俺は訓練キャンプをなんとか卒業して、親父を驚かせた。で、次に待ってたのがこの海《わだ》神《つみ》学園の中等部だったってわけ。俺は海神のスポンサーであるPMCグリークスと契約。専門の訓練を受けつつ、任務を請《う》け負《お》うようになった。親父とグリークスの間には、何らかのコネがあるらしい」

「……専門の訓練って？」

「色々だが、一番大きかったのはGENEZ《ジーンズ》を使った戦闘への熟練だ」

「……ジーンズ？」

「GENEZってのは、ジーン・スーツのこと。戦闘用強化外骨格だ。まあ、機会があったら見せることになると思う」

「強化外骨格かあ……もう、戦闘で使えるほどのものが完成してたんだ……」

「あのスーツは生物部品、生体素材を多用している。だから遺伝子的な適性がないと着用できない。だから俺は子供でも、グリークスにわりと重宝されてる」

「その、遺伝子的な適性ってなあに」

「人間のDNAには『ジャンク』と呼ばれる未解明の領域がある。そこには、個人差はあるが、進化の過程が記録されていることがある。つまり『人間の中の動物の部分』。GENEZは、その部分を使って動かす。まあ、まだプロトタイプと言ってもいい段階だ。俺たちは、実験に参加してるようなものさ」

「お父さんは……」

涼羽は、実験という言葉に反応した。

「本当に私たちをモルモットくらいにしか思ってないんだね……」

涼羽を海外に留学させたのも、海外のＶＩＰの家庭教師につけたのも、すべて政治家である大牙厳一が自分の立場を強くするための計画だった。子供のことなど、何も考えていないのだ。

「お母《かあ》さんが生きてたら、こんなことにはならなかったのかな」

「…………」

「お母さんは、早く死んでむしろ幸せだったのかな……」

「涼羽」謙吾は鋭い声で言った。「勘違いするなよ。俺たちの母《かあ》さんは『死んだ』んじゃない……『殺された』んだ」

兄妹に奇妙な静寂《せいじゃく》が訪れた。

兄が傭兵になったのは、父の命令という理由が一番大きいのだろうが、母親の死も一因として否定できない、と涼羽は思った。母の死が、大牙の家に暗い影《かげ》を落としているのは疑いようのない事実だった。

「こっちからも一個、訊ねていいか」

やがて静寂を破ったのは兄の方だった。口を開いた時には少年ではなく、戦場で生きるプロフェッショナルの顔に戻っていた。

「ヴェルトハイムでの生活は楽しかったか？ 涼羽」

「……ん？ うん、楽しかったよ」

もっと深刻な質問がくると思っていた涼羽は、不意をつかれたような顔をした。

「辛いことはなかった？」

「辛いこと、かあ……うーん……公女様は頭がいい上に優しいし、以前はそんな内乱めいたことも表面化していなかったし……本当に、第二の故郷。ううん、私にとっては本当の故郷よりもずっと大事かも。あの国には、公女様との思い出がある。公女様は、私が年下だということも気にせず、家庭教師として敬ってくれたから……」

涼羽の脳裏を、思い出が駆け巡る。公女と初めて出会ったときのことを、昨日《きのう》の出来事《できごと》のように思い出せる。兄から引き離された孤独《こどく》と不安で内側から破裂《はれつ》しそうだった涼羽を、フランシスカはとびきり優しい笑顔で受け止めてくれた。

フランシスカは言った。「あなたは一人なのね」涼羽がうなずくと、フランシスカはこう続けた。「私もそうなの。私の生活にはすべてがそろっている。でも、母親がテロで爆死したあの日から、私の世界には何もないのと一緒なの」——。涼羽は、この人は私に似ている、と思った。

「でも……」謙吾は本題を切り出した。「あの公女様には何か秘密があるよな」

「……秘密って？」

涼羽は動揺《どうよう》を顔に出さないよう気をつけた。

「それは俺にもよくわからない。ただ、昨晩お前を襲ってきた連中は、暗殺者じゃなかった」

「……え？」

「拳銃には、実弾《じつだん》が入ってなかった。相手を気絶させるためのプラスチック弾だった。つまり、昨晩の連中の目的はお前を拉致《らち》することだったんだ。

殺すのではなく拉致しようとしたということは、何か目的がある。お前から何か情報を引き出そうとした。あるいはお前を人質にして、公女様に何かをさせようとした。そのどちらかだ」

「…………」

「何か心当たりはないか？」

謙吾の問いに、涼羽は絞《しぼ》り出すように答える。

「『ヴェルトハイムの歯車』……」


公女フランシスカの趣味は水泳だ。

海神《わだつみ》学園の地下温水プールで、フランシスカは日課である二キロの水泳を楽しんでいた。もちろんその間も、ミリアムやセルジュといった警護が離れることはない。

地下温水プールは、公式の競技会にも使用できる本格的なものだ。広大で深いプールだけでなく、サウナやトレーニングルームも完備している。今は、警備上の理由で公女の貸しきり状態だ。だだっ広い空間でたった一人だけ泳いでいるフランシスカの姿は、まるで王子と出会う前の人魚姫《にんぎょひめ》だった。

セルジュは、自分の鼻の下が伸びないように気をつけていた。警護という名目で、世界的なＶＩＰの水着姿を凝視《ぎょうし》できるのだ。こんな機会は滅多にないだろう。

フランシスカは着やせするタイプだった。スーツを脱《ぬ》いで白い水着姿になった彼女の体は豊満だった。長身で、足が長いのでただ立っているだけでも絵になる。水着が柔らかい肉に食い込《こ》んで窮屈《きゅうくつ》そうだ。泳ぐときはメガネを外していて、いつもより活動的に見える。

軽い気持ちで引き受けた今回の護衛任務だったが、セルジュは早くものめりこみつつあった。「人間」としての経験が浅いセルジュは、まだ任務から私情を切り離《はな》すことができない。やりたいようにやるのが彼の流儀《りゅうぎ》だ。

確かに、公女とは身分が違う。でも、美しい人だ。見ているとドキドキしてくる。こんなにいい気分なのに、それをたかが身分や仕事のために捨ててしまうなんてもったいない。それこそ正気とは思えない。謙吾はなんだかグダグダ言っていたが、あんな妹にも頭が上がらないような男の意見は無視するに限る——。

それにしても、とセルジュは思う。人の話を聞いていると、公女フランシスカは非の打ち所のない才媛《さいえん》のようだ。セルジュとは出会って間もないが、裏表がある人物という感じもしない。これはただの直感ではなくある程度信用できる。セルジュの知覚は普通の人間より鋭いのだ。セルジュの中にいる「あの娘《こ》」も同じことを言っている。そして何より、彼女は美しい。そんな彼女から政治力を奪《うば》い、彼女の周囲にいる人間を排除しようとする勢力があるなどなかなか信じられない。

フランシスカがプールからあがった。彼女が体全体を振ると、無駄のない肢体《したい》から大量の水滴《すいてき》が落ちる。ミリアムが近寄《ちかよ》って大きめのタオルを手渡《てわた》した。

フランシスカは、軽く髪《かみ》をふきながらセルジュに近寄ってきた。セルジュはちょっと緊張して、頬を薄《うす》く紅潮させた。

「あとで、涼羽に会いたいんだけど……」

公女の扇情的《せんじょう》な声。

「それくらい簡単やと思います」

セルジュは平静を装って答えた。本当にいい任務だ。

「久しぶりに涼羽の授業を受けたいんです」

「そういえば、涼羽ちゃんは家庭教師やったんですよね」

「優秀な家庭教師でしたよ」

「お前」

突然、ミリアムが割って入ってきた。

「はい？」

「あまり公女様をいやらしい目で見るな」

「おいコラおっさん。そないなこと言うたら俺が公女様に誤解されるやろが」

「……いやらしい目で見てたんですか？」

フランシスカは悪戯《いたずら》っぽく微笑した。

その表情に、セルジュの心はとろけそうだ。

「まさか。ボディガードとして周囲を警戒してました」

「嘘だ」ミリアムがすかさず言った。

「嘘なもんかい。その証拠《しょうこ》に……」と、セルジュは遠くを指差し、「ここにおる警備は俺とあんただけやない。あそことあそこの柱の陰《かげ》に隠れとる二人。あんたの部下やろ？　こそこそしおって。あっちの方がよほど怪しいわい」

「……気づいていたのか？」

ミリアムが驚きで目を丸くした。

「あと、天井裏《てんじょううら》の双眼鏡もな。プール覗《のぞ》きで通報されても知らんで」

ミリアムは、セルジュにも気づかれないようにこっそりとプールの周囲に部下を配置していた。ミリアムの部下はすべて対ゲリラの特殊訓練をつんだ山岳《さんがく》連隊の出身だ。姿を隠し、気配を消すことに関しては一流のはずだった。

しかし、セルジュにはお見通《みとお》しだ。

「さすがは名高いグリークスの学生傭兵」

と、フランシスカ。

「お褒《ほ》めにあずかり恐悦《きようえつ》至極」

セルジュは芝居がかった動きで頭を下げた。

2

謙吾が「どうしても行っておきたい場所がある」と言うので、仕方なく涼羽がついていくことにした。警護されている人間が、警護する人間に合わせて動くというのではまるであべこべだ。それでも、兄に「どうしても」とまで言われれば断れない。

私立海神学園の、美しいロマネスク様式建築の校舎。しかしその地下二階には、一般の生徒が魔界と恐れる空間が存在していた。そんなことを知る由《よし》もない涼羽は、のんきな表情で謙吾と並んでとことこ歩いていく。

階段を下りていくと、流れる空気が変質していくのが涼羽にもわかった。地下二階の廊下を歩き始めた頃には、涼羽もようやく謙吾の目的は相当いかがわしい場所なのだと気づく。地下一階は「まともな部活、同好会」のフロア、そして地下二階には「まともではない部活、同好会」の部屋が集められた。まるで、隔離するかのように——。

長い廊下の両側に、多数の部室が並んでいる。廊下はなぜか薄暗《うすぐら》く、空気も重い。部室のドアの前には、看板が立ててあるか新入部員募集《ぼしゅう》のポスターがはられている。『残酷《ざんこく》映画研究会』に『武器密輸同好会』――驚いたことに『拷問部《ごうもん》』まであった。何をする部活なのか。本当に誰かを拷問するのか？　それともされるのか？　いったいなんのために……!?　地上の荘厳《そうごん》な校舎からは想像もできない、混沌《こんとん》としたアンダーグラウンドだ。

「ここだ」と、ある部室のドアを指差して謙吾が言った。

嫌な予感を覚えつつ涼羽がそのドアを見ると、『パソコン部』という札がかけてあった。地下二階のアンダーグラウンドでは、比較的まともそうな部活で涼羽は少しだけ安心した。疑い深くなっていた自分を反省する。

パソコン部のドアには、暗証番号と指紋認証のロックが取り付けられていた。部活にしてはセキュリティが厳重すぎるので、涼羽は再び嫌な予感がした。そういえばパソコン部のドアは合金で補強されていて、そう簡単には蹴破《けやぶ》れないようになっていた。

謙吾が暗証番号を打ち込み、パネルに人差し指を押し当てて指紋認証もパス。

涼羽と一緒に、部屋の中に足を踏み入れる。

三人の男女が、そこにいた。

恐ろしく太った男と、赤毛の女の子。海神学園高等部の制服を着ているものの、とても高校生とは思えないほど老けた男。三人ともイヤホンをつけて、暗い部屋でパソコンに向かって黙々《もくもく》と作業をしている。

謙吾と涼羽に最初に気づいたのは女の子だった。イヤホンを外して「あ……こ、こんにちは……大牙さん」と、おどおどとした口調で挨拶をした。女の子の髪は全体的に見ると短いが、前髪《まえがみ》だけが長くて目が外から見えにくい。妙な髪形《かみがた》だ。

「どうも、鞠歌《まりか》さん」

前髪が長い赤毛の女の子は鞠歌、というらしい。

「お、なんだ。謙吾が来てるじゃないか」

そう言って、太った男が振《ふ》り返った。

「よう、ヒデヨシ」と謙吾。

太った男が、ヒデヨシ。この時点では、まだ本名なのかあだ名なのかわからない。涼羽は、十中八九あだ名だと思うのだが……。

「謙吾が女連れとは珍しいな」

と、老けた男が言った。彼は無精《ぶしょう》ひげを生やしていて、未成年のはずなのに堂々とタバコを吸っていた。それとも留年か浪人《ろうにん》でもして、高校の制服を着ているだけで実は成人《せいじん》だったりするのだろうか——？　涼羽は混乱した。

「バカ、妹だよ」

「わかってる。俺たちが知らないわけないだろ」

「相変わらずコバさんは性格が悪い」

「お兄ちゃん……この人たちは？」

「あ、紹介するよ。俺の妹の涼羽だ」

「よ、よろしく御願《おねが》いします……」

涼羽は軽く会釈《えしやく》した。

「で」謙吾は続ける。「こちらのみなさんはパソコン部の超《ちよう》優秀な三人組。通称『ファンタスティック・スリー』の鞠歌さん、ヒデヨシ、コバさんだ」

「謙吾にこんな可愛《かわい》い妹がいるなんて世の中間違ってるなあ……」

ヒデヨシがぼやいた。

「あ、頭がよさそうな妹さんですね……」と鞠歌。

「ど、どうも……」

褒められて、涼羽は照れた。

「頼《たの》んでおいた件は、どうなった？」

謙吾が言った。

「もちろん、もう片付けておいたよ」

と、コバ。コバは、棚から一本のゲームソフトを取り出して謙吾に渡《わた》した。ゲームソフトのパッケージに書かれたタイトルは『ギリギリ魔女審判《まじょしんぱん》3』だった。

「お前が欲しがってたギャルゲーの初回限定版」

「ぶっ！」

謙吾は噴き出した。顔を赤くして、コバの手から乱暴にソフトを奪《うば》い取る。

「妹の前でこんなもの渡すな！」

「なんだ、嬉しくないのか。結構苦労したのに……」

「あ、いや……嬉しいけど……そうじゃなくて！　そうじゃなくてだな！」謙吾は怒声《どせい》を発した。強引に本題に入る。「もう一個の頼み事だよ、俺が訊いてるのは！」

「ああ、もう一個ね……調べておいたよ」と、コバ。

今の間違いは絶対にわざとだ、と涼羽は思った。

「『ベテルギウス』か『ニムロッド』が動いてる」

コバが急に真剣《しんけん》な口調で言った。

刹那《せつな》、謙吾の双眸《そうぼう》に殺気が走る。それは、涼羽があまり見たことのない謙吾の表情だった。

「ベテルギウスとは以前イラクで接触《せっしょく》したことがある」謙吾は苦い顔で言った。「ニムロッドの名前はよく聞くが、正体不明だな……」

「バビロン・メディスンはCIAより手強いですよ」

そう言って、鞠歌は自分の前髪をかきあげた。一瞬《いっしゅん》覗《のぞ》いた彼女の素顔は、想像よりもずっと整っていた。物憂《ものう》げな瞳には、一度見たら忘れられない魅力がある。

「何の話をしてるの……？」

涼羽は、意味不明の会話を交わす謙吾とファンタスティック・スリーに訊ねた。

「敵の動きを探ってもらってたんだ。彼らに」と、謙吾。

「敵の動き……？　そんな、たかが高校生に……」

「俺が普通の高校生じゃないように、ファンタスティック・スリーも普通じゃないんだよ。なにしろ彼らはエシュロンにだって侵入できる。映画や漫画《まんが》の登場人物になれるレベルのスーパーハッカーなの」

「エシュロン……!?」

エシュロンとは、地球規模の大規模な情報収集システムのこと。悪く言えば、巨大な盗《とう》聴《ちょう》器だ。アメリカが中心になって開発し、日本をはじめ数ヶ国の協力によって運営されている。

エシュロンは、世界中のありとあらゆる電波を収集している。無線や電話はもちろん、ファックスやEメールのデータも傍受《ぼうじゅ》可能だとされている。

「エシュロンに侵入するときは、当然三沢《みさわ》基地経由な」ヒデヨシが軽い口調で言った。

「慣れればそんなに難しくないよ。うひひ」

「すごい……」

「引き続き、ヴェルトハイム周辺の情報収集を頼む」謙吾は依頼。

「了解了解」コバが即答した。「他でもない謙吾の頼《たの》みだ」

「ここにいたか」

不意に凛々しい少女の声が響いた。

地下の部室に、岩清水《いわしみず》ユキナもやってきたのだ。

「用事があってお前たちを捜してた」

「よくここだってわかったな」

「携帯に電話をかけたが、つながらなかった。――ということは、圏外になる地下にいるんじゃないかと思ってな。謙吾がよく行く地下といったら、ここしかない」

「ユキナさんだ……！」

ユキナの登場に興奮して、急に鞠歌がバッ！　と前に出た。

「わっ……！」

「見てください……！　これ！」

驚くユキナの眼前に、鞠歌は懐から取り出した数枚の写真を突きつけた。

その写真を見て、ユキナの顔が怒りと羞恥《しゅうち》で真っ赤に染まる。

写っていたのは、水泳の授業で水着に着替えたユキナや、階段を上がる途中で下着が見えそうになっているユキナ、更衣室《こういしつ》で服を着替える途中のユキナなどといった危険なものばかり。

「私の写真じゃないか！」

「はい！　まさにそうです！　もちろん盗撮です！」

「なにがもちろんだ！　この無礼者！」

ユキナは、思い切り鞠歌に蹴りを入れた。

「きゃあ！」と、悲鳴をあげて鞠歌は引っくり返る。しかし、鞠歌の表情はなぜか嬉《うれ》しそうだ。

「こういうことはやめろと何度も言ってるだろう！」

ユキナは引っくり返った鞠歌を踏《ふ》みつける。

「止めなくていいの……お兄ちゃん？」

悪いのは鞠歌だが、ユキナは古流武術の黒帯だ。やりすぎないか、少し心配になった。

「あれでいいんだよ」謙吾はどうでもよさそうに言った。「鞠歌は超《ちょう》がつくマゾヒストでね。ああやって強気で凛々しい女の子——特にユキナにいじめられるのがいいらしい」

鞠歌は、ユキナに踏《ふ》まれながら「ああ……ロングブーツの感触《かんしょく》が超気持ちいい……！」と絶叫《ぜっきょう》。怒ったユキナは「本当に失敬なやつだな貴様は！」とさらに強く蹴るが、それが余計に鞠歌を喜ばせてしまう。

「俺もドMだけど、強気《つよき》系よりも知的な幼女に踏まれるほうが好きだな……」真面目な顔で、コバが言った。「涼羽ちゃんだっけ？　俺を踏んでもいいよ」

涼羽のかわりに、謙吾がコバを殴《なぐ》った。

3

鞠歌を蹴り疲れたユキナから、公女フランシスカが涼羽を呼んでいると知らされた。フランシスカが、久しぶりに家庭教師の涼羽に授業をして欲しいと言い出したのだ。謙吾、涼羽、ユキナの三人は、急いで高等部学生寮の二一八号室に移動する。

ドアの前に黒服の警備がついていることを除けば、二一八号室の中は他の部屋と同じ造りだった。呼ばれたのは涼羽だけだったが、謙吾は警護のために、ユキナは単純な興味か

ら授業を見学することにした。

「なんだか久しぶりで緊張しますね……」

フランシスカが照れた笑みを浮かべて言った。

「はい、私も変な気分です……」

フランシスカと涼羽は、同じデスクに並んで座った。

「最後の授業では、何をやっていましたっけ」

涼羽が訊ねた。

「古典文学です。イソップ寓話《ぐうわ》集、ミュンヘン写本五六四をもとにおこしたテキストを読み進めていました」

「そうでしたね。特に興味深いエピソードを民俗学《みんぞくがく》的な見地から考察と研究を」

フランシスカはテキストを、涼羽はノートパソコンを取り出した。

二人の授業が始まる。

「……公女様、命を狙われてる割にはマイペースやな。さっきはプールで泳いどったし」

セルジュが、ギリギリの小声で謙吾に言った。

「全部承知の上で、平気なフリをしているんだと思う。気丈な人だよ」涼羽たちの邪魔をしないように、謙吾も同じ声量で答えた。「たとえ敵がいることがわかってても、一国の公女たるものがびくびくこそこそしても仕方がない。警備を固めたら、あとはいつも通りに振る舞うしかないんだ。そしてそれは正しい行動だ」

謙吾やセルジュは（今ここにはいないが彩離《あやはな》も）、日本語はもちろん英語、中国語、ハングル、アラビア語を使いこなすことができる。すべてグリークスの任務遂行《すいこう》のためだ。しかしそんな彼らでも、ラテン語は守備範囲《はんい》外《がい》である。涼羽の授業は謙吾たちからすると意味不明だった。

それでも、授業の楽しさと二人の親密さは伝わってきた。公女は涼羽を信頼《しんらい》していたし、涼羽は公女を敬愛していた。そんな二人の授業風景は、まるでルノアールが描いた女性画のようだった。

「ええなあ、公女様……」セルジュがぼんやりとつぶやく。「しかしそれにしても、授業中の涼羽ちゃんはホンマ『頭いい人』って感じや……」

「俺の妹とは思えないな」

「ああ、確かに」

「なんだとセルジュ。この野郎《やろう》」

「なんや、自分で言うたんやないか」

「相変わらず仲がいいな、二人は」

ユキナがそう言って、謙吾とセルジュの二人は同時に「どこが⁉」と驚く。確かに、息はぴったり合っていた。

「失礼」という声とともに、ドアが開いた。謙吾たちは「何事か」と振り返る。

教師の大迫《おおさこ》が、どかどかと無粋《ぶすい》な足音を立てて授業中の部屋に入ってきた。

「なんでしょう」

授業を邪魔されて、フランシスカは眉をひそめた。

「それが、困ったことになりましてね……」ぽりぽりと髪をかきながら、大迫は言う。

「公女様に、食事会のお誘《さそ》いです。それも、中国大使館から。今日の夕食でもいかがか、と……」

「中国大使館……」涼羽が小首を傾げた。「妙な話ですね」

「何らかの……罠《わな》？」

セルジュがつぶやくと、フランシスカと涼羽は「はっ」と目を丸くした。

「ヴェルトハイムの反乱勢力と契約したバビロン・メディスンは、共産圏《きょうさんけん》に強いコネがある。罠もありえるでしょう」謙吾が落ち着いた声で言った。「第一、中国が公女様の極秘来日と短期留学をいち早く察知しているのもおかしい。こりゃあ、その誘いにはのらない方が賢明《けんめい》だ」

「断る理由はどうしましょう？」と、フランシスカ。

「『公的な来日ではないから』――これで十分だと思います」と、謙吾。

　しかしフランシスカはかぶりを振った。

「……実は今、いくつか中国系の投資信託《しんたく》会社をヴェルトハイムに誘致《ゆうち》している最中です。成功すれば、公国の重要な財源となる……それに関係するかもしれないと思うと、その理由では断りにくいです」

「……ということは？」

　謙吾は嫌な予感がした。

「当然、グリークスによる警備は万全ですよね？」

と、フランシスカが確認してきた。

「もちろん、その通り」

　一番最初にそれを肯定《こうてい》したのは、現場指揮官の大迫だった。

　大迫は謙吾とセルジュの肩を抱き、

「なっ！　俺たち万全だよな！」と陽気な声をあげて同意を強制した。

「何が『なっ！』だよ、まったく……」

と、謙吾がぼやく。

「まあまあ。所詮《しょせん》あたしらは雇《やと》われの身でしかも「学生」謙吾の隣には彩離がいる。学生は教師には逆らえないもんでスよ」

「それはそうなんだけどさ……」

謙吾と彩離は、グリークスが所有する兵員輸送車両の後部座席で揺《ゆ》られている。この輸送車両は日本国内での市街戦を想定したワゴンタイプ。運転席に座っているのは、普段は学校の校務員として働いているやはり傭兵だった。外から見ればごく普通の車だが、中身はいくつかの座席が取り払《はら》われて装甲車のように改造されている。謙吾たちは、まさかの事態に備えてGENEZ《ジーンズ》を装着済み。あとはフルフェイスのヘルメットさえ被れば戦車とだって戦える。

公女の警護は本来セルジュの割り当てだが、今回は留守番だ。セルジュは市街戦に向いていない。一度彼の闘争《とうそう》本能に火がつくと、公共の施設《しせつ》や無関係な一般人《いっぱんじん》に迷惑《めいわく》がかかってしまうからだ。

陽《ひ》が落ち始めていた。大きく傾《かたむ》いた陽光が地平線に吸い込まれていく時間帯。公女を乗せたリムジンが、中国大使館に向かっていた。名高いヴェルトハイムの公女を招いて、晩《ばん》餐《さん》会を開きたいというのが向こう側の申し出だった。中国大使館に「そうするよう」何者かが働きかけたに違いないが、中国大使やその側近たちには何も知らされていないだろう。

海神学園がある練馬区から、中国大使館がある港区へ。

竹橋で首都都心環状《かんじょう》線にのった。

首都都心環状線――千代田区、中央区、港区を環状に結ぶ首都高速道路。渋滞《じゅうたい》の多い環状線だが、今日は比較的空《す》いている。ネットワーク機能のついたカーナビで交通情報を確認すると、別の場所で事故が起きて首都高の一部が封鎖《ふうさ》されており、そのため交通量が減っているということがわかった。


ワゴンが先行し、そのあとに公女のリムジンがついていく。

「私はてっきり、このリムジンにグリークスの学生傭兵たちも同乗《どうじょう》するものだと思っていました……」

首都都心環状線を走る車内で、フランシスカが言った。

「きっと、彼らなりのやり方なんですよ」フランシスカの隣には、ヴェルトハイム陸軍のミリアムがいる。「第一、警護は我らがいれば十分です」

「自信たっぷりね」

フランシスカはほんの少しだけ皮肉をこめて言った。ミリアムはそのニュアンスに気づかなかった。フランシスカは、ミリアムの軍人らしい傲慢《ごうまん》さがあまり好きではなかった。若い人間を軽んじる性格でもある。ミリアムが忠誠を誓《ちか》っているのは公王であって、公王に命令されたから公女を守っているに過ぎない——そんな気がする。

「この車は防弾仕様。強力な七・六二ミリのライフル弾に対応しています」ミリアムは力強い口調で続ける。「日本国内ですが、私たちは特別に拳銃、短機関銃《サブマシンガン》の携帯も許可されています。銃撃戦になっても、外交上の特権で問題になることはありません」

ミリアムの言葉が終わるか終わらないかのところで、大型のコンテナトラックが二台、背後から近づいてきた。車線を無視して強引な追越《おいこ》しをかけてくる。

「——っ！」

運転手やミリアムたちが「おかしい」と思った瞬間、コンテナの扉が爆発したかのように吹き飛んだ。そしてそこから、黒い物体が現れる。

単座の小型装輪装甲車だ。

二台の装甲車がトラックから降りて、首都高を走り出す。

4

六輪で、軽自動車のようなサイズだが重装甲。全体的にずんぐりとしたシルエットで、金属で構成された巨大なカブトムシといった風情《ふぜい》だ。角《つの》のかわりに、車体上面に二〇ミリ機関砲の無人砲塔をのせている。

いきなり、その機関砲が火を噴《ふ》いた。

謙吾と彩離が乗った護衛のワゴンに、大量の着弾があった。二〇ミリ機関砲の威力《いりょく》は、至近距離なら厚さ三センチの鉄板を易々《やすやす》と貫通するほどだ。当然、グリークスのワゴンもひとたまりもなかった。ワゴンの車体にいくつも大穴が生じ、エンジンが火を噴き、破片が宙を舞った。タイヤが吹き飛んだ。箸《はし》で魚をほぐすように、一瞬でバラバラになっていった。運転手の傭兵が機関砲弾を食らって爆発した。窓ガラスに鮮血《せんけつ》や肉片が付着したが、そのガラスも直後に割れて散った。すぐに燃料に引火し、ワゴンは爆発炎上《えんじょう》。それを間近に見ていたフランシスカは悲鳴をあげた。ミリアムも顔面蒼白《そうはく》だ。

機関砲の流れ弾に、首都高を走っていた他の一般車両が巻き込まれた。たった一発の機関砲弾でも、軽自動車を引っくり返すくらい簡単だ。車が吹き飛んで、炎《ほのお》が広がる。機関砲の連射は短かったが、それでも何人が死んだかわからない。

装輪装甲車は、バビロン・メディスンのものだった。ドラグーンという装甲車を大幅に改造し、小型化すると同時に最新の電子装備を積み込み、市街戦用の軽戦闘車とした。この改造装輪装甲車は、バビロニア・ドラグーンと呼ばれている。

二台のバビロニア・ドラグーンがさらに発砲。公女のリムジンを襲った。装甲車の機関砲は、公女を殺さないように真横から運転席だけを撃った。リムジンは防弾仕様だったが、二〇ミリ機関砲は想定していない。破壊力の嵐を浴びて、リムジンの前部が運転手ごと消失した。車を半分に切断したようだった。残された後部は動力を失い、激しくスピンしてから道の真ん中で停止する。そこに座っているフランシスカとミリアムは、ただ呆然とするしかなかった。

ミリアムは服の下にさげていた銃を構えて、引き金を絞《しぼ》った。ヴェルトハイムでライセンス生産されているシュタイヤーTMPサブマシンガンだ。シュタイヤーから放たれた弾丸はそのほとんどがバビロニア・ドラグーンに命中したが、ほんの小さな傷をつけるのが精一杯だった。ミリアムは「くそっ!」とうめいた。

二台のコンテナトラックが、フランシスカたちを包囲するような位置まで移動して停まった。バビロニア・ドラグーンの機関砲が、フランシスカに照準して威嚇《いかく》する。トラックで拉致するつもりなのだ。

フランシスカは周囲を見回した。グリークスのワゴンが燃えている。謙吾も彩離も命はないだろう。他にも、流れ弾で多数の死者が出ている。

「…………」

燃えるワゴンを見ているうちに、フランシスカの目から徐々に光が失われていった。一瞬で、悪い夢でも見ているかのような状態になってしまった。「公女様！」と、ミリアムが腕を引いて一緒に逃げようとするが、フランシスカは無反応《むはんのう》だ。

「くっ！」

完全に逃《に》げ遅《おく》れて、ミリアムは舌打ちした。

その時、燃えるワゴンの中から音がした。

破壊された車体を押《お》しのけて、二人のシルエットが炎の中から現れた。

特異な形状の鎧甲冑で全身を包んだ二人。

──謙吾と彩離だ。

メタリックな、動物的なデザインの全身鎧──GENEZ《ジーンズ》だ。謙吾のスーツは灰色で、前腕からサーベルタイガーを連想させる長い牙が伸びている。

彩離のスーツは青色。謙吾のスーツとはデザインが違い、背中に翼《つばさ》のようなパーツがあり、脚部《きゃくぶ》は大型の鳥類のようだ。

二人のスーツは設計コンセプトが違う。中枢《ちゅうすう》となるDNAコンピュータの内容も違う。

謙吾は剣歯虎《サーベルタイガー》、彩離は恐鳥《モア》。

「チーム『ビーバス&バットヘッド』」謙吾はヘルメットに内蔵されている無線を使って、海神学園の作戦指令本部——そしてそこにいるはずの大迫——に報告した。「ユニット、バットヘッド1会敵。交戦開始」

ユニット暗号名、バットヘッド1・大牙謙吾。

ユニット暗号名、バットヘッド2・堤彩離。

バビロニア・ドラグーンとコンテナトラックが二台ずつ。

ドラグーンの機関砲が、謙吾と彩離に照準しなおした。しかしそれが火を噴く前に、スーツで大幅に身体能力が向上した二人が動いた。

謙吾は爆発的に突進《とっしん》した。まさに猛獣《もうじゅう》の狩《かり》だ。謙吾の踏《ふ》み込《こ》みがあまりにも強烈《きょうれつ》だったので、高速道路の路面に大きなひび割れが走った。

一瞬で間合いを詰めて、謙吾はバビロニア・ドラグーンに肉薄《にくはく》した。右腕を振るって、

前腕部の牙を突《つ》き立てる。

超硬合金製の牙が、ドラグーンの装甲をあっさりと貫通した。

この超硬合金は無重力状況で製造されたものだ。普通の超硬合金よりもさらに硬く、割れにくい。

立て続けに三発殴《なぐ》りつける。金属音が響く。打撃が強いので、ドラグーンの装甲が波打ったように歪《ひず》んだ。謙吾はとどめの後ろ回し蹴り。凄まじい蹴りでドラグーンは引っくり返り、無人砲塔が潰《つぶ》れた。

彩離は、比喩ではなく「飛んだ」。彩離のスーツについている翼は飾《かざ》りではなかった。最新の高性能過酸化水素エンジンを使ったジェットパックである。

残ったドラグーンが大量の機関砲弾をばらまいた。彩離は空中で複雑な機動を行い、華《か》麗《れい》に弾幕《だんまく》を避ける。

一度数十メートルの高さまであがった彩離は、急降下して真上からドラグーンに蹴りを見舞った。彩離が身にまとったスーツの脚部が無人砲塔にめりこみ、大穴を穿《うが》った。彩離はそのままドラグーンの上で一回転し、ドラグーンの前部にカカトを叩《たた》きつけた。その一《いち》撃《げき》で、ドラグーンは子供に投げられたミニカーのように転がった。

二台の装甲車の無力化に成功した二人は、コンテナトラックに向かった。トラックの車輪を蹴りで吹き飛ばし、運転手たちを確保しておく。

「公女様、ミリアムさん、大丈夫ですか？」

謙吾は、半分だけになってしまったリムジンに向かって訊《たず》ねた。戦闘用のヘルメットを被っていたが、口元に拡声器が仕込んであるのでしっかりと外に響いた。

「…………」

戦いが終わって、ミリアムはショックを受けて呆然としていた。たかが学生と侮《あなど》っていた謙吾たちにここまで凄まじい力を見せ付けられたのだ。軍人としてのプライドが崩壊《ほうかい》する寸前だった。

グリークス。オーバーテクノロジーと言っていいほどの最先端装備で身を固め、世界中の紛争地帯で人道的な活動を展開する新興の民間軍事会社。その実力を信じて契約したわけだが、まさかここまでとは——。

「大丈夫ですか？」

謙吾がもう一度訊いてきた。スーツを着用した姿だと誰が誰だかわからないが、声は間違いなく謙吾のものだった。

「は、はい……！」

ミリアムが引っくり返った声で返事をした。

「公女様の様子がおかしい。何かありましたか？」

謙吾は、人形のようになってしまったフランシスカを見ていた。

「さっきの爆発のせいでしょう……公女様は混乱されているだけです」

「そうですか……とりあえずこれから日本の警察が来ると思いますが、無視してください」

「わ、わかりました……」

「さて、と……」謙吾はヘルメットの中でため息をついた。「あとは、グリークスの情報部待ちだな……」

グリークスの構成員は、大雑把《おおざっぱ》に分けて「実行部隊」と「支援部隊」のどちらかに分類される。謙吾が所属するのは実行部隊。情報部は支援部隊だ。情報部は任務の下調べの他に、情報を持っていそうな敵の拉致《らち》や尋問《じんもん》も行ってくれる。今回の場合、情報部に取り調べて欲しいのはコンテナトラックの運転手たちだ。運転手たちはまだ拘束《こうそく》されていないが、装甲車を簡単に破壊する二人に睨《にら》まれているので身動きが取れない。

やがて、パトカー、消防車、救急車などのサイレンの音が近づいてくる。ほぼ同時に、グリークスの情報部が輸送ヘリで到着。謙吾と彩離は、人の目に触れないように身を隠す。

マスコミへの報道管制がしかれ、周囲は自衛隊によって封鎖《ふうさ》される。

5

セルジュは海神学園で留守番——涼羽の警護についている。セルジュは、謙吾から借りた携帯ゲーム機で遊んでいた。アメリカ製で、日本では未発売。主人公のマッチョなラッパーが街をうろついて麻薬《まやく》を売ったりギャングを殺したりする過激なゲームだ。そのゲームから、一分おきに「ファック！」やら「シット！」やら下品な英語が聞こえてくる。海神学園学生寮、二二〇号室。涼羽の部屋。部屋には涼羽、セルジュ、ユキナの三人がいる。

ユキナは、専門書を手に趣味の「詰《つ》め将棋《しょうぎ》」をやっていた。背筋がぴんと伸びていて、椅子《いす》に座っているのに正座しているかのようだ。ユキナは、将棋盤《しょうぎばん》や駒がなくても、頭の中の記憶だけで将棋《しょうぎ》がさせる実力者だ。

涼羽はネットでダウンロードした海外の論文集を読んでいる。

「いきたかったなあ……大使館の晩餐会」

さすがに論文を読むのにも疲れてきて、涼羽は独り言のようにつぶやいた。

「十中八九罠やからなあ……」と、ゲーム画面から視線を外さないままセルジュ。「わざわざ危ない目にあいにいくこともないやろ。もしかしたら、今頃《いまごろ》戦闘中かもしれへんで」

「まさか、ここは日本ですよ」涼羽は少し笑った。

「そんな常識はとっくの昔に壊《こわ》れとる」セルジュは苦笑。「今までも色々なことがあった。ところがどんな大事件も、国家機密が関われば報道はされへん。報道されないことはなかったことと同じになる。グーグルで検索《けんさく》しても出てこないものは存在しないのと同じ。そもそも民間軍事会社の人間を裁く法律はまだ世界のどこにもないんや。民間人であると同時に軍人ってことは、逆に言えば民間人でも軍人でもないってことや。そんな妙な連中が絡《から》んだ事件は、なかったことにするのが一番っちゅうことになる」

「…………」

そんなものなのだろうか——。涼羽にはピンとこなかった。

しばらくして「……ふああ」とセルジュが大きなあくびをした。つられて涼羽の口からも小さなあくびが漏《も》れた。すっかり陽も落ちて、もうすぐ夕食の時間だ。——そろそろフランシスカたちは中国大使館に到着した頃だろうか？

「のんびりしてるのもいいですけど……」涼羽はユキナに話しかける。「せっかく久しぶりに会ったんだし、いくつか訊かせてほしいことが……」

そういえば、ユキナにも訊きたいことは山ほどあった。大牙兄妹にとっては幼なじみであり、少しだけ憧《あこが》れていた年上の女性。何があって、どんな経緯《けいい》で兄と同じ組織に入ることになったのか――。

そのあたりのことを訊いてみると、ユキナは「まあ……色々あった」とはぐらかした。

涼羽は怪訝《けげん》に思ったが、ユキナのはぐらかし方は、「話したくない」というよりは「自分にもよくわかっていない」という感じだった。この話題はこれ以上広げようがなさそうだ。

「それで……」

涼羽は、思い切って一番気になっていることを口にした。

「ユキナさんとお兄ちゃんって……今どんな感じなんですか？」

「……はいぃ？」ユキナが奇妙な声を発した。「どんな感じ……って？」

「その……付き合っているのかな、どうかな、みたいな」

「そこは俺も気になっとるとこやな」

突然セルジュが会話に加わってきた。セルジュはいつの間にかゲームをやめていた。

「うーん……」とユキナは小首を傾げ、「付き合ってるかどうかというか、なんというか……とりあえず、この前キスはした」。

「——っ！　えーっ！」

涼羽は椅子から転げ落ちそうになった。——謙吾とユキナは、すでに「とりあえず」キスをするような関係なのか！

「そ、そんなに驚かなくても……」ユキナは思い出しながら続ける。「でも、あれは冷静に考えれば……事故だった！」

「なんだ、事故ですか……」涼羽は少し安心した。「つまり、ぶつかっちゃった的な」

「まあ、そういう感じ……かな」

「結局……どういうことなんですか？」

「どういうことなんだろう……？」

ユキナは腕を組んで考え始めた。

だめだこりゃ、と涼羽は思った。


大昔。ある日の夕方、涼羽は兄を捜していた。帰りが遅いので、またいじめられているのではないかと心配したのだ。涼羽は、小学校の水飲み場で謙吾を見つけた。声をかけようとして、途中でやめた。謙吾が、ユキナと二人きりだったからだ。邪魔しては悪い、と思って身を隠した。涼羽は、陰から二人を見守《みまも》った。

悪ガキに石でもぶつけられたのだろう。謙吾は額から血を流していた。ユキナはその額の傷に、濡れたハンカチをあてていた。謙吾はもう泣きやんでいた。ユキナはにこにこしながら、傷にハンカチを当てたまま動かなかった。その光景を見て、幼い涼羽はどきどきした。「ああ、あのふたりはしょうらいけっこんするんだろうな」と思った。

「……セルジュさんはなんとなくいつも気楽そうでいいですよね」

涼羽はため息をついていった。

「え、あ？　うん？　そうでもないよ？」

セルジュは心外そうに唇を尖《とが》らせた。

「セルジュさんって、兄とはどんな関係なんですか？」

「俺と謙吾は同じ夢を持つバンドマンだったんだけど、あいつは俺の曲をパクってメジャーデビュー。オリコン一位に。俺はいまだに駅前でストリートライブ。そんなこんなで今は犬猿《けんえん》の仲や」

「ぶっ！」涼羽はその場でこけた。

「なんでそんな嘘つくんだ」ユキナが呆れた声で言った。

「まあ、確かに今のはウソや。ちょっとしたボケやん。上手くツッコんでや」

「は、はあ……」

私この人苦手ー、と涼羽は内心悲鳴をあげた。

その時だった。学生寮のスピーカーから、警報のようなものが流れた。

「──な」

セルジュの表情が真剣なものに変わった。

「どうしたんですか？」

涼羽は不安な声で訊いた。

「緊急《きんきゅう》事態やて」

答えて、セルジュは懐《ふところ》から携帯電話を抜いた。作戦指令本部から多くの情報が届いていた。

「空からやて⁉ アホな！」

密かに離陸《りりく》したバビロン・メディスンが所有する大型輸送ヘリ──Mi-26ヘイローが、海神学園上空に侵入した。プロペラ六発の大型輸送機に匹敵《ひってき》する運搬能力を誇《ほこ》るロシア製。八枚ブレードが轟音を発している。低空で警察や航空自衛隊の目をかいくぐり、日本の領空を我が物顔で飛行中だ。

しかし、海神学園の周辺にはペトリオット地対空ミサイル発射中隊やスカイシールド三五ミリ対空機関砲システムが配備されている。

海神学園地下に存在するグリークス支部、作戦指令本部はスカイシールドの使用を決定。スカイシールド・システムは、三五ミリ機関砲二基、射撃管制装置、射撃指揮本部によって構成されている。

高性能レーダーでの追跡《ついせき》後、標的が有効射程距離三・五キロの範囲《はんい》内に入ってきたところで、三五ミリ機関砲が火を噴いた。

その射撃は完全にデジタル制御されていて精確無比である。

スカイシールドの三五ミリ機関砲は、一回の射撃で一八発の連射を行う。その一発一発が、さらに一五二発の重金属弾をばらまく。

打ち上げ花火を数十倍もひどくしたような砲声が轟《とどろ》き、夜空に美しい火線が伸びる。

スカイシールド・システムは、その性能を十二分に発揮した。数千発の重金属弾が完璧《かんぺき》なタイミングでヘイロー輸送ヘリの前に広がった。ヘリの装甲が、無数の鋭い爪《つめ》で引き裂かれたように千切れ飛んでいく。

ヘイロー輸送ヘリは空中で爆発した。

しかし、その目的は果たしていた。

撃墜される寸前に、貨物スペースの「荷物」を目的地に向けて投下することに成功していたのだ。荷物の数は、二つ。正確には二人。特殊戦闘員だ。

その二人は、人の体に四本の足――まるで神話に登場するケンタウロスだった。もちろん本物のケンタウロスではなく、そんなデザインの装甲服を身につけているだけだ。黒い鎧に、完全な機械の馬身。弓矢のかわりに、特大の銃器《じゅうき》を両手で構えている。

二体のケンタウロスが、学生寮の正面に着地した。四本の足で衝撃を吸収。ヘリが低空飛行だったからこそできた空挺《くうてい》作戦だ。二体はすぐに動き出して、凄まじいジャンプで二階の部屋に突《つ》っ込《こ》んだ。涼羽の部屋だ。

「『ベテルギウス』……！」

壁を突き破って現れたケンタウロスを見て、セルジュはうめくように言った。

民間軍事会社バビロン・メディスンの特殊任務大隊、最先端機械化分隊「ベテルギウス」。彼らは、GENEZ《ジーンズ》に匹敵する高性能強化外骨格、マルチピード・アーマーを着用して戦う。

ベテルギウスのケンタウロスが、両手で構えた銃器――MG3マシンガン――の連射をセルジュに叩《たた》き込《こ》んだ。

セルジュの体から血飛沫《ちしぶき》があがった。

二体のケンタウロスのうち、一体はMG3マシンガンで、もう一体はダネルNTWアンチ・マテリアル・ライフルで武装していた。アンチ・マテリアル・ライフルとは、構造物や装甲車などを破壊するために作られたライフルのことだ。

MG3の連射を食らって血まみれになったセルジュに、今度はダネルNTWの二〇ミリ×八二弾薬が撃ち込まれた。

セルジュの体が吹《ふ》っ飛んで、ドアを突《つ》き破り、廊下の壁に激突《げきとつ》した。

「公女の家庭教師、大牙涼羽だな」

ケンタウロスが、ヘルメットの拡声器越《ご》しに言った。

涼羽は何も反応できなかった。バビロン・メディスンの傭兵たちは、それを肯定《こうてい》として受け取った。

「もう片方の少女は……グリークスの傭兵か？」

ケンタウロスの片方が、ユキナに銃口を向ける。

「拉致するのは家庭教師だけだ」

ケンタウロス同士の会話。

「もう片方は？」

「殺していい。ここは敵地だ。急がないと囲まれるぞ」

「了解」

涼羽は「ひっ」とくぐもった悲鳴をあげた。本物の銃だ。それが火を噴けば、ユキナは恐らく一瞬で肉の塊と化してしまう――。

「そこまでや――」

「――っ!」

廊下の方から声がして、ケンタウロスたちの動きが止まった。

壊れたドアから、セルジュが部屋に戻ってきた。

セルジュは血を流していた。だが、マシンガンとアンチ・マテリアル・ライフルを食らった割には軽傷だ。手足は千切れていないし、内臓もこぼれ出ていない。すりむいた程度の出血だ。

「……お前不死身か?」

ケンタウロスが呆然とつぶやいた。

「一応、質問には答えたるわ」

言いながら、セルジュは唾《つば》を吐いた。少量の血が混ざっていた。

「……俺は別に不死身やない。異常に頑丈《がんじょう》なだけや。特に骨が硬い。ちょっとやそっとのことじゃヒビも入らん。ダイアモンドの数倍らしいけど、自分で測ったわけやない。俺を研究した人間にそう言われただけや」

「何者だ。人間じゃないな」

と、もう片方のケンタウロス。

「その質問にも答えとこかな……」

セルジュはゆっくりと首の骨を鳴らす。

「せや。俺は人間やない。ユダヤの律師《ラビ》によって造られた『ゴーレム』や」


ユダヤ教の指導者たちに伝わる秘法がある。粘土《ねんど》で人形を造り、それにかりそめの命を吹《ふ》き込《こ》むという秘法だ。命を吹き込まれた粘土人形は、人間のように動き、人間のために働くようになる。それがゴーレムだ。ゴーレムとは、ヘブライ語で胎児《たいじ》を意味する。できたばかりの命という点では、確かに胎児と言えなくもなかった。

第二次世界大戦中、ナチスドイツの脅威《きょうい》に直面したユダヤ人たちは、古代の秘法を改良し、戦闘能力を高めた新世代のゴーレムを開発した。セルジュは、そんな新世代ゴーレムのうちの一人だ。戦闘用のゴーレムは、普通のゴーレムと違って知能が高い。自我も強い。見た目もいい。額《ひたい》に「emeth《真理》」の文字《もじ》もない。

「俺は作られた命で、霊魂《れいこん》が足りん――」

セルジュは、素早く二体のケンタウロスの中間に踏《ふ》み込《こ》んだ。下手《へた》にセルジュに向けて発砲すれば、ベテルギウスのケンタウロスが同士討ちをしてしまう位置だ。

「足りん分は、火の精霊《せいれい》の娘――サラマンデルで補完された」

セルジュは続ける。右手を掲げる。

「だから、俺にはこんなことができるんや」

刹那《せつな》、室温が一、二度上昇《じょうしょう》した。空気が歪《ゆが》んで、セルジュの右手に熱が集まり、てのひらにバスケットボールほどの火球が生じる。

――精霊による発火能力。

「焼き殺したるわ！」

セルジュは、ケンタウロスの一体に右手の火球を叩きつけた。TNT火薬三〇〇グラムに相当する破壊力が炸裂《さくれつ》する。

轟音とともにケンタウロスの表面装甲が吹き飛び、横に倒《たお》れた。

「次や……！」

セルジュは新たな火球を生み出し、残ったケンタウロスに向けて放った。ケンタウロスは大きく身をひねってなんとか火球をかわす。火球は壁に当たり、爆発。壁の一部が完全

に吹き飛んで、隣の部屋が見えるようになる。爆風《ばくふう》の影響《えいきよう》で、涼羽とユキナは尻餅《しりもち》をついた。危うく巻き込まれるところだ。これが、セルジュの欠点だった。攻撃の手加減が難しく、市街戦、室内戦闘にまったく不向きなのだ。

「くっ……！」

守るべき対象が悲鳴をあげたのを見て、セルジュは一瞬戸惑《とまど》った。涼羽とユキナ、どちらにケガをさせても謙吾に殺されるだろう。

次の瞬間、セルジュは羽交い締《じ》めにされた。最初に火球をぶつけた、仕留めたと思っていたケンタウロスが起き上がっていたのだ。そのケンタウロスは装甲を失って一部生身がむき出しになり、大量に出血し息も絶え絶えだったが、それでもセルジュにしがみついてきた。

「離さんかい！」

もう一発火球を叩きつけようとするセルジュ。しかし傷ついたケンタウロスは最後の力を振《ふ》り絞《しぼ》ってセルジュを持ち上げて、体を反転させて外に向かって飛び出した。

そして、ケンタウロスはセルジュを道連れにして空中で自爆《じばく》。

「――っ！」

ケンタウロス型のマルチピード・アーマーを動かす燃料電池から火が噴き、中に入っていた兵士は肉片となって飛び散った。セルジュは炎に強いので火傷はなかったが、至近距離で爆風を浴びて全身を強く打ち、地面に叩きつけられてさすがに動きが止まった。

「くっそ……！」

仲間が自爆して時間を稼《かせ》いでくれるうちに、目的を果たすため残ったケンタウロスが駆《か》け出した。アンチ・マテリアル・ライフルを右手だけで持ち直し、空いた左手で涼羽の体をつかもうとする。

「危ないっ……！」

狙われた涼羽を、ユキナが突《つ》き飛ばした。そのおかげで涼羽は助かったが、かわりにユキナがケンタウロスにつかまった。「くっ……！」と、狙いを外したベテルギウスのケンタウロスは一瞬戸惑う素振《そぶ》りを見せたあと、諦《あきら》めてユキナを脇《わき》に抱えて逃げ出した。本命でなくとも、何かに使えるかもしれないと判断したのだ。

ケンタウロスは学生寮の二階から飛び出して、一気にトップスピードまでもっていった。彼らが着用しているマルチピード・アーマーは、最高時速三〇〇キロまで出せる。

「ユキナッ！」

セルジュは立ち上がって追いかけたが、間に合わなかった。ユキナをさらったケンタウロスの背中が、瞬く間に小さくなっていく。いくら海神学園の警備が厳重でも、人質を抱えたベテルギウスの精鋭《せいえい》を追跡するのは容易ではなかった。

ケンタウロスは広い敷地を高速で駆《か》け抜《ぬ》けて、凄まじいジャンプで壁を飛び越《こ》えた。海神学園から少しはなれた場所に、バビロン・メディスンのコンテナトラックが待機していた。ケンタウロスはトラックのコンテナに身を隠した。特殊戦闘員の回収を確認し、コンテナトラックは悠々《ゆうゆう》とそのエンジンをスタートさせた。

6

フランシスカ公女、ヴェルトハイム陸軍のミリアム・ギザン、そして大牙謙吾と堤彩離が海神学園に帰還した。帰還した彼らを待っていたのは、セルジュとベテルギウスのケンタウロスたちが激しい戦いを繰り広げた痕跡だった。スカイシールドが侵入してきた輸送ヘリを撃墜したが（日本政府の協力によって、自衛隊のヘリが事故を起こしたと報道されている）、撃墜直前に降下してきた特殊戦闘員は取り逃《に》がした。そして、岩清水ユキナが連れ去られていた。

謙吾と彩離は、海神学園の医務室に向かった。そこでセルジュが治療《ちりよう》を受けていた。セルジュは軽傷だった。治療というより、用心のための検査だった。医療《いりよう》スタッフは、謙吾たちの姿を認めて席を外した。

「セルジュ」

謙吾は、ベッドの上のセルジュに詰《つ》め寄った。

「すまん……」

さすがのセルジュもひどく弱った顔だ。疲労や、戦闘のダメージのせいではなかった。

「なにやってんだ、お前」

謙吾は、セルジュの襟首《えりくび》を右手だけでつかんで持ち上げた。そんなことをされてもセルジュは抵抗しない。ユキナをさらわれた。そのことで謙吾の頭の中は一杯になっていた。

さらった連中は間違いなくプロだ。大きな組織が動いている。ユキナを奪還《だっかん》するのには時間がかかるだろう。謙吾はセルジュを殴ろうと左拳《こぶし》を振《ふ》りかぶる。

「やめて、お兄ちゃん！」

セルジュに炸裂する寸前の謙吾の左拳を、涼羽が両手で握った。

「涼羽……！」

涼羽を強引に振《ふ》り払《はら》えば、謙吾はセルジュを殴《なぐ》れただろう。セルジュは無《む》抵抗《ていこう》だし、涼羽の体重なんて謙吾からすれば羽毛のように軽い。だが、謙吾はそうしなかった。

「……セルジュさんは、私たちを守るために戦ってくれました」

涼羽は、長いまつげを震《ふる》わせて言った。目がうっすらと充血《じゅうけつ》していた。

謙吾はいきなり襟首から手を離して、セルジュを乱暴にベッドにおろした。「くそっ！」

と吐《は》き捨てて、やり場のない怒りにため息をつく。

「悪いのは、私なの。私が逃げ遅れたから、ユキナさんが助けてくれた……お兄ちゃん、セルジュさんを、責めないで……」

謙吾とセルジュが揉《も》めている医務室に、厳島アイナと公女フランシスカもやってきた。

「よかった。無事だったのね、涼羽……」

フランシスカは涼羽を強く抱《だ》きしめた。涼羽の無事がよほど嬉しかったのだろう。フランシスカの目には、うっすらと涙《なみだ》が溜《た》まっていた。フランシスカの温かい気持ちに触れて、涼羽の胸も一杯になる。涙腺《るいせん》が緩む。

「……この学園に奇襲《きしゅう》をしかけてきた相手は……どんな連中でしたか？」アイナが訊ねた。

「ケンタウロス型マルチピード・アーマー」セルジュは即答。「『ベテルギウス』だ」

「バビロン・メディスンの精鋭か……！　情報通りだな……」

それを聞いて、謙吾の表情がますます険しいものになった。アイナやセルジュは、そんな謙吾のことを案じて眉間にしわを寄せる。謙吾が以前イラクでベテルギウスと接触したのは、ビーバス&バットヘッドのメンバーなら全員知っていることだ。そこで謙吾が、虐殺を止められなかったことも。

「……もう、敵は国外に出ているかもしれません……」

アイナがささやくような声で言った。

「行く先はもうわかってる」謙吾は断言した。「ヴェルトハイムだ」

そして、不意に公女に話を振る。

「敵の狙いは、『ヴェルトハイムの歯車』なんでしょう？」

「……っ！」

――ヴェルトハイムの歯車。その単語に、フランシスカの表情が硬くなった。

「……確かに、敵の狙いはそれしかありえません」

「なんやそれは……ヴェルトハイムの歯車やて？」セルジュが怪訝そうに言った。

「あとで説明する」と、謙吾。

「父は……公王は……」

フランシスカは、悲痛な声で言う。高速道路での戦いを思い出し、さらにユキナがさらわれてしまったことに責任を感じているのだ。

「私を日本に短期留学させている間に、国内の問題を解決しようとしたんです。でも、日本も安全ではなかった。それどころか、たくさんの人を巻き込んでしまった……。私、ヴェルトハイムに帰ります。決着をつけたいです」

海神学園の高等部学長である厳島アイナは、報告のために大学部の校舎に向かった。大学部の地下には、グリークスの支部施設が存在する。

厳重な警備下にあるエレベーターで、地下四〇メートルまで降下。エレベーターを出て少し歩くと、大型モニタが大量に設置された広い部屋に出る。海神学園、グリークス日本支部の作戦指令本部だ。部屋には数百という数の制御卓《コンソール》やパソコンが並んでいて、それぞれに専門のオペレーターがついて作業している。グリークス日本支部の心臓部と言っていい場所だったが、アイナの目的地はここではなかった。作戦指令本部を通り過ぎて、さらに奥を目指す。

アイナは、無骨な作戦指令本部にはそぐわない豪華な装飾《そうしょく》の木製ドアの前で立ち止まった。「……ふう……」と、一度深呼吸してから、ドアをノックする。

「……アイナです……」

ドアの上部に設置されたセンサーがアイナの虹彩《こうさい》パターンと声紋を認識。ロックが解除され、重いドアが自動で開いた。

「……失礼します……」

「来たな、アイナ」

広い部屋の中央に、冷徹《れいてつ》な美貌の青年が立っていた。

大きな本棚とパソコン以外、家具らしきものはほとんどないシンプルな部屋だ。部屋が広い分、そのシンプルさが際立つ。

青年の名は、厳島シキサギ――アイナの兄だ。

切れ長の目に、高価そうな眼鏡をかけている。アルマーニのスーツ姿だ。

「まず、謝っておこう」と、事務的な口調でシキサギ。「私の指揮下にある防空システムが敵の侵入を許した。これは、間違いなく私の責任だろう」

しかし、とシキサギは話をつなぐ。

「よりによって『ナイチンゲール』……岩清水ユキナを奪われるとは何事だ」

「……ユキナが、ヴェルトハイム公女の家庭教師を守ろうとした結果でした……」

「家庭教師？　ああ、大牙涼羽か……」シキサギは舌打ちした。「重要度でいえば、岩清水ユキナのほうが圧倒《あっとう》的に上だ。比べ物にならん。やはり、彼女をお前に任せていたのは失敗だったようだな。ユキナは私の指揮下に置くべきだった」

「……海神学園には、大牙謙吾がいます……ユキナは謙吾から離れませんよ」

「ふん。そこが悩《なや》みの種だ。相性のいい戦闘担当――アタッカー――がいなければ、ナイチンゲールが真価を発揮することはない。いつか必ず大牙謙吾と岩清水ユキナを、まとめて私の部隊に引き抜《ぬ》いてやる」

「……そうはさせません。私からお父様に相談して……」

「はいはいはい、またそれが来たか。お前は何かあればすぐ『お父様』だ。俺たちには真似できない。さすが『お気に入り』は違うよな」

「…………」

シキサギの皮肉に、アイナは怒ることもなく、ただ哀《かな》しげに目を細めた。巨大《きょだい》組織である厳島グループ内の人間関係は複雑だ。

「……悪い。言い過ぎた」

さすがに反省して、シキサギが申し訳なさそうに言った。

「いえ、気にしていません……とにかく、岩清水ユキナ――ナイチンゲールは必ず奪還します」

アイナは力強く言った。

「当然だな」

「……敵の目的はナイチンゲールではなく、ヴェルトハイム公女の家庭教師だった……本来の目的を達成するために、人質の交換《こうかん》や取り引きに応じる可能性もあります」

「それが唯一の救いだ」と言って、シキサギはアイナを指差した。「今回、反公王・公女派はバビロン・メディスンと契約した。——バビロン・メディスンと我らグリークスは似ている。どちらも超国家規模の民間軍事会社であり、政治や宗教とも関係が薄い。ただ、最終的な目標は正反対だ」

　少し間を置いてから、シキサギは言う。

「……バビロン・メディスンは第三次世界大戦を起こすために作られた会社だからな」

第五章 ヴェルトハイムの歯車

1

——一年前、イラク。

　アメリカ大統領は、とっくの昔に「戦争終結宣言」を出していた。イラク戦争——第二次湾岸《わんがん》戦争の話だ。確かにフセイン政権は崩壊したが、イラク情勢は複雑化するばかりだった。アメリカはただ利益のためにイラクに派兵して、結果大きな混乱を招いた。その証拠として、「戦争中」よりも「大統領が終戦を告げたあと」の方が戦死者が何十倍も多いという奇妙な状況があげられる。イラク軍の残党はゲリラ化し、ごく普通のイラク市民もアメリカをはじめとする多国籍軍に敵意を抱くようになった。

そんなイラクに、ある任務のためグリークス「ビーバス&バットヘッド」のチームが乗り込んだ。キャンプが襲撃され、ボランティア団体のメンバーが反政府の過激派に拉致されたのだ。今回の任務は、その救出だった。

その日のイラク中南部、ファルージャ郊外は気温五〇度を超えていた。道路とも砂漠ともつかないような場所を、彩離《あやはな》が運転するトヨタのランドクルーザーが進んでいる。ランドクルーザーの助手席に、謙吾《けんご》がいた。謙吾と彩離はどちらもGENEZ《ジーンズ》を着用していたが、目立つのでヘルメットは被っていなかった。スーツは、マントのようなアラブの民族衣装で隠しておく。かわりに戦闘用のゴーグルをかけている。車の中は冷房《れいぼう》をガンガンに効かせているが、それでも外のことを想像するだけで汗が出そうだ。

目的地への移動中、謙吾は車の窓から戦闘を見かけた。

——いや、それは戦闘というには一方的過ぎた。

武装集団が、小さな村を襲い、ほぼ無抵抗の人々を虐殺しているのだ。

「——っ！　バットヘッド2、とめろ」

謙吾は彩離を「バットヘッド2」と呼んだ。任務中なので暗号を使う。

「どうしたの、バットヘッド1」

「虐殺行為《こうい》だ」

言うが早いか、謙吾は車から飛び降りた。

虐殺を行っているのは、普通の軍隊ではなかった。もちろん、アメリカ軍などによるイラク市民への犯罪行為も多数報告されているが、もっとひどいのは民間軍事会社だった。

世の中には多数のPMCが存在するが、グリークスのような「まともな」ものは少数派だ。元軍人というだけのチンピラをほとんど野放しで飼っているようなPMCもあれば、金さえ積まれればどんな非人道的な作戦でも展開するPMCもある。

PMC——バビロン・メディスンの傭兵社員たちだ。すぐにそれとわかったのは、全員マルチピード・アーマーを着用していたからだ。ケンタウロス型マルチピード・アーマーが二体、巨大な蜘蛛《くも》のようなアラクネ型が二体、多砲塔のキメラ型一体——間違いない、バビロン・メディスンの精鋭部隊『ベテルギウス』の五人だ。

ベテルギウスの五人が弾丸をばら撒《ま》き、家を焼き、傷ついた人間を強化外骨格で踏み潰している。村には死体が散乱し、悲鳴と慟哭《どうこく》で溢《あふ》れかえっている。

「何をしている！」

謙吾は怒鳴った。

ベテルギウスの五人の動きが止まった。

アラクネ型のマルチピード・アーマーをまとった男が、「なんだお前？　同業者か……？」とつぶやく。

「戦争犯罪だ。続けるなら、覚悟してもらうぞ」

と、謙吾は服の下から小型のアサルトライフルを取り出して構える。

「反政府組織への見せしめだ。そういう仕事だ。でしゃばるな」

マルチピード・アーマーの男が悪びれもせず言った。

その言葉と同時に、ベテルギウスの五人がそれぞれの武器で謙吾を狙う。

彩離も駆けつけてきて、仕方なく謙吾を援護《えんご》するために銃を抜いた。一触即発の状態で対峙《たいじ》して、互《たが》いの実力を推し量りつつ、戦いを始める切っ掛けを探し始める。

「今、この世界には、民間軍事会社を裁く法律なんてないんだ」キメラ型アーマーの男が言った。「……俺たちは軍人じゃないが軍人で、民間人じゃないが民間人だ。俺たちを支配するのは、ただ『契約』のみ」

口ぶりからして、このキメラ型が五人のリーダー格らしかった。

男の言ったことは本当だった。イラクで活動する民間軍事会社のほとんどはアメリカと契約している（グリークスだけは日本政府だが）。アメリカがバックについている以上、イラクの警察や軍隊が民間軍事会社を取り締《し》まるのは難しい。かといって、民間軍事会社はアメリカ軍の兵士でもないので軍法会議にもかからない。

『バットヘッド1、撤退《てったい》しろ』

耳に装着した受信機に大迫《おおさこ》からの連絡が入った。

「戦争犯罪の現場だ」

喉《のど》に貼《は》り付けるタイプの無線で、謙吾は答えた。このタイプの無線機は小声でも拾ってくれるので、会話の内容を敵に聞かれる心配はない。

『今ここでバビロン・メディスンとことを構えるのはまずい。グリークス、ユニット「ビーバス&バットヘッド」に与えられた任務は人質救出だ。そちらを優先しろ』

「だが」

『命令だ……！　契約を果たしたあとなら好きにしていい』

「くそっ……！」

グリークスは人道的な活動を尊重する。だが、それは好き勝手に動いていいということではない。自分の仕事は果たさなければいけない。

仕方なく、謙吾と彩離は退いた。人質救出の任務を片付けて、すぐに虐殺現場の村に戻ってくるつもりだった。後ろ髪《がみ》を引かれる思いとはこのことだった。謙吾には、ベテルギウスの五人が全身鎧の下でニヤニヤと笑っている気がした。

何の問題もなく本来の任務は成功したが、謙吾たちが虐殺の現場に戻ったときにはすべてが終わっていた。ただ見せしめのために、村の人間は残酷に殺されていた。——女も子供も老人も。見境《みさかい》なく、容赦《ようしゃ》がなかった。黒焦《くろこ》げになった子供の死体を見て、彩離が泣きながら吐いていた。


帰国する軍用輸送機の中で、謙吾は大迫に詰め寄った。

「どうしてあそこで戦わせてくれなかった！」

グリークスは民間軍事会社だが、本来は兵器開発会社である。新兵器の特許だけで、毎年莫大《ばくだい》な利益をあげている。そのため、グリークスは新兵器開発の役に立つなら、戦闘に許可を出す。

普通の民間軍事会社は利益優先であり個人の感情は無視するが、グリークスは違う。グリークスの傭兵はグリークスが造った兵器で戦いさえすればその内容は問われない。

「テロや戦争犯罪と戦うために、俺はグリークスで働いている！」

グリークスという会社そのものに正義はない。だが、そこで働く人間の正義を邪魔したりもしない。そこが、謙吾がグリークスを気に入っている理由だった。

「もしもお前があそこでバビロン・メディスンと一戦交えていたら——」

大迫は、落ち着いた態度で応えた。

「かわりに、過激派の人質になっていたボランティア団体は救出が間に合わず処刑されていただろう。ボランティアは、見返《みかえ》りを求めずやってきた医師や水道・建築の専門家など、数百人という規模だった。彼らが全滅《ぜんめつ》すれば、この国の復興はますます遅れるところだった」

「しかし」

「もちろん謙吾の気持ちはわかる。だが、いくら精鋭でも複数の目的を同時に達成することはできない。どうせ、いずれまた別の場所でバビロン・メディスン——ベテルギウスとは必ずぶつかる。その時を待て。状況さえ許すなら、俺たちは絶対に邪魔しない」

2

巨大な輸送機がヨーロッパ上空、一万メートルの高度で進んでいる。灰色の鯨《くじら》のようにも見えるその輸送機は、時速千キロ以上の速度を出している。

機種は、エアバスA400Mだ。

ターボプロップエンジン四発の大型機。三二トンもの貨物を運搬することができる。

その飛行機のキャビンスペースに、涼羽《すずは》と公女フランシスカ、護衛のミリアム、そしてグリークスの社員がいた。

　グリークスの社員は、大迫伝次《おおさこでんじ》郎《ろう》、大牙《たいが》謙吾、堤《つつみ》彩離、セルジュ・ドラグレスク——以上四人。他にも、輸送機のパイロットや機械の整備士などのサポートスタッフが十数人ついてきている。

　謙吾と涼羽は並んで座席についている。謙吾が窓際だ。軍用機は民間機よりもずっと乱暴に飛ぶので、涼羽は耳鳴りを味わっていた。

「……本当に、このままついてくるんだな？」

　謙吾が、真剣な口調で涼羽に訊ねた。

「どうせ、日本も安全じゃないし……」涼羽は、無理をして微笑んでみせた。「たぶん、お兄ちゃんの近くが一番安全なんだと思う」

「…………」その言葉に、謙吾は武《む》者震《しゃぶる》いした。握《にぎ》り拳《こぶし》を固めて、言う。「……信じてくれて、ありがとう。大丈夫。俺が絶対に涼羽も公女様も守り抜く。涼羽は、すぐに日常に戻《もど》れる」

「うん……」

　涼羽の日常は、戻ってくるかもしれない。だが、兄の謙吾が傭兵を辞めるわけではない。この兄妹の人生は、修正がきかないほど異常なものになってしまった。

謙吾は、離陸した直後からずっとひどい貧乏揺《びんぼうゆ》すりをやっていた。本人は、自分の癖《くせ》にまったく気づいていなかった。それは、謙吾が本当にイライラしている証拠だ。変わったことだらけだが、変わっていないものもある。それがたとえば貧乏揺すりだったとしても、兄妹の絆には違いなかった。

「ユキナさんのことが心配なんだね……」

兄の心中を察して、涼羽は言った。

「ああ……」謙吾が、疲れきった顔でうなずいた。「ユキナを一刻も早く助けないといけない。とにかく、ユキナがまだ生きているのは間違いない。俺たちさえ諦めなければ、なんとかなるはずだ」

「『生きているのは間違いない』……その根拠《こんきょ》は？」

ユキナに生きていてほしいのは涼羽も同じだが、謙吾があまりにもはっきりと断言したのが少し引っかかった。

「二つある」と、謙吾。「一つは、大事な情報源で人質だってこと。ユキナもグリークスに所属する学生傭兵の端《はし》くれだ。色々なことに使える。殺すのはもったいない」

「……もう一つは？」

「ユキナは『ナイチンゲール』だからそう簡単に死なない」

また、ナイチンゲールという単語が出てきた。

「その……『ナイチンゲール』ってどういう意味なの？」

「……うーん。話していいもんかどうか」と、謙吾は首をひねった。「これは機密中の機密だし、今簡単に説明しても涼羽が納得してくれるとは思えない」

「今更《いまさら》秘密にしないといけないようなことがあるの？」

「これは複雑で、ユキナの生い立ちや内面にも深く関わっている話なんだ。一番いいのは、涼羽がユキナから直接話を聞くことだ。ユキナは、子供の頃からお前のことを実の妹のように可愛がっていた。そんな涼羽に、ユキナは自分の秘密を知られても平気かどうか……本音を言えば、俺が気になっているのはそこなんだ」

結局、そのままうやむやになった。

涼羽は、謙吾もユキナも好きだった。涼羽が、ユキナのことを姉のように思う瞬間も確かにあった。いいだろう。涼羽は疑問を胸の奥に収めた。すべては、ユキナを助けてからだ。ユキナの口から、直接聞くのだ。ナイチンゲールとは、何か。

――それから数時間後。

輸送機が、ヴェルトハイム公国の国土を窓から見下《みお》ろせる位置に達する。

「あれがヴェルトハイムか……」

窓際の謙吾がつぶやいた。

「最近減ってきた立憲君主制国家」と、涼羽。「国家元首は公王家による世襲《せしゅう》制。男女にかかわらず、長子が継承する。でも決して王家の独裁政権じゃないんだよ。民主的な憲法もあるし、二院制の議会も運営されている」

「俺も少しは予習してきた」と、謙吾。「ヴェルトハイム公国の主要産業は精密機器、医療機器、製薬、観光、国際金融《きんゆう》。そして国連に非協力的なタックスヘイブンでもある。外国企業のペーパーカンパニーで莫大な税収をあげている国だ。そのため、ヴェルトハイムの国民は世界でもトップクラスの豊かさだといわれている。……面積は南北に四〇キロ、東西に二〇キロ。そんな狭《せま》い国に、人口一〇万人近くが暮らしている」

「使われてる言葉は、ドイツ語、英語、ヴェルトハイム語。ヴェルトハイム語はラテン語にそっくりなの。お兄ちゃんは、どれか話せる？」

「ヴェルトハイム語以外は」

「お兄ちゃん、優秀」

「空から見下《みお》ろすと、どの国もそんなに変わらないな……よくできた地図を眺めているようなもんだ。あの国で涼羽は暮らしてきたんだな……」

謙吾が静かにつぶやいた。

「うん……私にとっては故郷みたいなものだよ」

涼羽は小さくうなずいた。

それからしばらく、涼羽は感傷的になった。追い払《はら》われるように日本を出た時のことを思い出すと、今でも胸の奥から苦いものがこみ上げてくる。母の死。父の豹変《ひょうへん》。兄との別れ。兄との再会――。確かに涼羽はヴェルトハイムを愛しているが、本当は自分が生まれ育った場所を故郷と言いたかった。当たり前のことが当たり前にできない状態こそが不幸だ、と涼羽は考えている。家族がみんなそろって平和に暮らしている故郷に帰りたい。ただそれだけのことが、できない。

感傷にひたる涼羽の席に、大迫がふらふらと近寄ってきた。

「……あの、何かご用でしょうか？」

「今のうちに渡《わた》しておくもんがあってさ」

ほい、と大迫は強化プラスチックのケースを涼羽に手渡した。弁当箱をもう少し大きくしたようなサイズだ。何だろうと思ってケースを開ける。

「……っ！」

驚いて、涼羽の眉がぴくん、と動いた。中に拳銃が入っていたからだ。素人の涼羽にも、少なくともオモチャには見えなかった。その拳銃のシンプルだが重厚な質感は、人が殺せる説得力を雄弁《ゆうべん》に語っていた。

「これは……」

「銃だよ。グロック17。初心者からそこそこのプロまで、幅広《はばひろ》い人間が使ってる。オーストリアで開発された。変則ダブルアクション・トリガー機構が組み込《こ》まれ――」

「いや、それはわかってます。私が言いたいのはそうじゃなくて」

長くなりそうだったので、涼羽は大迫の解説を遮《さえぎ》った。

「護身用だよ。邪魔かもしれないが、こっから先は何が起きるかわからないから」

「でも……」

銃は怖い。撃たれるのも撃つのも想像するだけで怖いが、扱い慣れていない人間が持っているとそれだけで暴発しそうな気もする。こうして実物を前にすると、いかにも殺意が増幅《ぞうふく》されるツールという感じがした。純然たる人を殺すための凶器なのだ――。

涼羽は、助けを求めるように謙吾のほうに視線をやった。

謙吾は、何も言わずにただうなずいた。持っておけ、ということらしい。

「まあ、使わないと思うけどさ。用心は必要だって」

大迫は軽い口調で言った。

「どうやって使うんですか……?」

「もう弾倉に弾は入ってる。でも、薬室には装塡《そうてん》されてない。だから安全」

大迫は手を伸ばし、涼羽が持ったケースからグロックを取り出した。

銃の上部をつかんで、言う。

「これが、スライドっていう部品。これを引くと、薬室に初弾《しょだん》が送り込まれる。そうすると、あとは引き金を絞るだけ。軽いし、使いやすい銃だよ」

グロックが、涼羽の眼前に突《つ》き出された。仕方なく、涼羽は空になったケースを下に置き、両手でグロックを受け取った。

軽い銃だと言われても、涼羽は銃を持つこと自体が初めてだったので比較できなかった。

弾の重さも入っているからだろう、ずっしりとした重量感があった。


――ヴェルトハイム公国国際空港に飛行機が着陸した。誘導を担当したのは、ヴェルトハイム空軍の管制官だった。通常の旅客ターミナルは使用せず、コンクリートで舗装《ほそう》されたカーゴエプロンにエアバスA400Mが駐機《ちゅうき》する。

尾部の貨物積み降ろし用の扉がゆっくりと開いていく。

そこから最初に降りてきたのは、大牙謙吾。そして涼羽、他の仲間たちが続く。

謙吾たちを追いかけるように、エアバスA400M輸送機に搭載されていた支援用車両が動き出した。装甲車が二台。移動用の乗用車が二台。

装甲車はグリークスの所有物で、米軍も使っているストライカー装甲車だった。NBC(化学・細菌《さいきん》兵器)対応の偵察《ていさつ》型だ。偵察型の装甲車といっても、敵が主力戦車や強化外骨格でなければ強い制圧力を発揮する。

車は三菱《みつびし》のジープで、デリバリーワゴンのタイプ。六人乗り。

移動中の待ち伏《ぶ》せに備えて、RPG7の直撃にも耐えられる防弾装甲が追加されている。

「…………」

謙吾は大きく深呼吸をした。空気の味を確かめているかのようだ。

ヴェルトハイム公国は、西岸海洋性気候。首都ヴェルトハイムの平均気温はおよそ九度。夏でも、二〇度を超えることは稀《まれ》だ。日本・東京と比べると肌寒《はだざむ》い。

すぐに迎えの車がやってきた。公用のリムジンだ。謙吾たちの目の前で停まったリムジンのドアが開いて、中からスーツ姿の初老男性が降りてきた。

「はじめまして、ヴェルトハイム公国陸軍副大臣アルベルト・フェデラーです。あなたがたを歓迎《かんげい》します」

その男性は、涼羽とは顔見知りだった。

大迫が前に出て、アルベルトと握手をした。

「民間軍事会社グリークスの歩兵課特殊強化白兵戦小隊。小隊長の大迫伝次郎大佐です。部下の大牙謙吾特務大尉、堤彩離特務中尉、セルジュ・ドラグレスク中尉。そしてこちらのお嬢《じょう》さんは……説明不要でしょう」

少し遅れて、公女フランシスカもミリアム・ギザンと一緒に輸送機から降りてきた。彼女はすぐに、警護担当のヴェルトハイム陸軍一個小隊に囲まれる。

「まあ、立ち話もなんだし」大迫はアルベルトの肩をなれなれしく叩いた。「どっか落ち着くところで今後のことを話し合いましょうや」

3

首都ヴェルトハイムの街並みは、いまだに中世の雰囲気を残していて、過去にさかのぼったかのような錯覚を味わえる。石とレンガの景観を崩さないために、専用の法律が制定されているという。

ヴェルトハイム公国の主要な交通機関として、バスと路面電車があげられる。どちらも、クラシックな街の景観に似合うようにデザインが工夫されている。バスも電車もおとぎ話の馬車そっくりだ。

そんな街の大通りを、謙吾たちはジープとリムジンで移動している。ストライカー装甲車は街の中を走らせるわけにはいかないので、軍用列車で目的地まで運ばれる。軍用列車の路線は、第二次世界大戦中に整備されたという古めかしいものだ。

謙吾たちの目的地は、公王家の王宮であり議会の議事堂であり国家元首の官邸《かんてい》でもあるヴェルトハイム城である。

「城が見えてきましたよ」

ジープの助手席で、涼羽が遠くを見ながら言った。

「一六世紀の王城が、数度の改修を経て今も使われているんです」

ヴェルトハイム城――。

まず、高い塔《とう》と豪奢《ごうしゃ》な館《やかた》が目に入った。

城の周囲に城壁はなく、濠《ほり》が一周している。濠には石橋がかかっていて、その近くには城門塔が建ち、門は開いたままだ。

変わっているのは、城を構成する多数の館の屋上に対空兵器が設置されていることだった。二〇ミリ、四〇ミリの対空機関砲。珍しいことに、ドイツ軍が使っていた八・八センチ対空砲《くうほう》もあった。なんであんな古いものが、あんな美しい城に？　と謙吾は怪訝に思う。

涼羽は、謙吾の視線に気づいて説明した。

「各所に防空用の高射砲《こうしゃほう》が設置されているのは、第二次大戦中の名残《なごり》ですね。ヴェルトハイムは大戦には参加しませんでしたが、防備は固めていました」

「ドイツ軍がヴェルトハイムを素通りしたのは有名な話さ」車を運転している大迫がなぜか楽しそうに言った。「裏で、何かあったのかもねぇ」

ただでさえ荘厳な城に、対空兵器の装飾が施《ほどこ》されることで、一種異形《いぎょう》の美を醸《かも》し出していた。


途中でジープを降りて、徒歩で城内に入った。公女フランシスカを乗せたリムジンは別行動で、より警備が厳しい地下の駐車場《ちゅうしゃ》に入っていった。リムジンには、警護のためにセルジュが同乗しているはずだ。

ヴェルトハイム城で最も大きい建物は「公王館」という。館というより宮殿と表現した方が近いのかもしれない。地上八階、地下三階。部屋数はなんと三千以上。中庭まで含めると東京ドームに匹敵する大きさだ。

イタリア産の大理石と最高級のホワイトオーク材を贅沢《ぜいたく》に使った建物は、ヨーロッパの他のどんな歴史のある大国にも負けない荘厳さを誇っている。

公王館は巨大な「ロ」の字型の建物であり、中心は内庭になっている。謙吾たちは、公王館の内庭を囲む回廊《かいろう》を歩いていく。

内庭の一角に、細長《ほそなが》い塔と屋根つきの場内バラ園があった。

「すごい！　絶景です……！」

彩離が歓声《かんせい》をあげた。

城内バラ園は立派なものだった。多種多様なバラが、鮮やかな色彩《しきさい》の花弁で虫をひきつけ人の目を楽しませている。どの花もかなり大輪だ。

バラはキレイに円形に配置されていた。その円に沿って、一定間隔《かんかく》でバラを飾るためのアーチとスタンドが大量に並んでいる。真上から見たら、幾何学《きかがく》的な模様を描いていることだろう。

「ヴェルトハイムのバラ園では、三百種近くのバラが栽培《さいばい》されています」と、涼羽。「種類が違えば、咲《さ》く時期もずれる。だから、このバラ園は一年中にぎやかなままなんです。数百年も続いてきた伝統なんですよ」

バラ園は、フードを深く被った中世の修道士のような人々によって手入れされていた。顔はよく見えないが、老人が多いようだ。オルゴールについてくる自動人形のような緩慢《かんまん》な動きで、バラに水をやったり病害虫を取り除いたりしている。

涼羽は続ける。

「フードを被った彼らは、バラの手入れだけが仕事です。バラ園近くの塔で寝泊《ねと》まりし、ほとんどこの城から出ることもありません」

「…………」

大迫が、フード姿の管理人たちに怪訝そうな視線を送っていた。

「どうしたんですか？」と、謙吾。

「いや、あの老人たち……どこかで見たことがあるような気がするんだけどな……」大迫は低くうなって顎《あご》をかく。「まあ、いいか。よくわかんないや」

ヴェルトハイム城公王館のサロンで、公女フランシスカたちと合流した。

「ゲストルームがあるので、そこで。メイドもつけましょうか？」

フランシスカがそんな提案をした。

「メ、メイドさん……！」

と、目を輝《かがや》かせたのは彩離だ。体育会系の彩離は、自分に似合わない可愛い衣装《いしょう》に憧れがある。ひらひらフリルつきの衣装を着こなしている女性を見ると、素直に尊敬してしまうのだ。

「メイドさんは別にいいでしょう。長居をする気はないし」グリークスの傭兵たちを代表して、大迫が答えた。「なるべく早くユキナを助ける。ユキナをさらった連中を叩《たた》きのめして日本に帰る。そんだけです」

フランシスカと大迫の間で、部屋の割り当ての話が始まった。誰が誰を守り、この城でどう戦っていくのか。大迫の頭の中にあるプランに従って、部屋割《へやわ》りが決まっていく。

謙吾は、ヴェルトハイム城公王館の二階、大広間のあるゲストルームを使わせてもらうことになった。セルジュは別行動で、フランシスカを二四時間態勢で警護する。セルジュの部屋は、フランシスカの寝室の筋向いだ。大迫はセルジュに「城の中でも油断せず、できる限りフランシスカ公女から離れるな」と指示を出した。セルジュは「いくら敵がムチャな連中でも、まさか城のど真ん中で公女を狙うなんてありえへんでしょう」と言ったが、大迫はいやいやと首を振り、「こういう時はありとあらゆる可能性を考慮《こうりよ》しておくものなの」。

涼羽は元々この城で暮らしていたので、慣れ親しんだ自分の部屋に戻ることになった。涼羽の部屋はリビングと寝室に分かれていて、警護の彩離がリビングに寝泊《ねと》まりする。

ちょうど部屋割りが決まった頃、謙吾たちの前に、数万ドルはしそうな高級スーツを着《き》込《こ》んだ初老の男が現れた。

「お久しぶりです。公女様」

男は表面的には恭《うやうや》しく、頭を下げ挨拶をする。

「どうも、お久しぶりです。レオンハルト——」

そう答えたフランシスカの表情に、微《かす》かな緊張が走った。

グリークスの面々は、飛行機の待ち時間や移動中の暇《ひま》な時間を利用してヴェルトハイム公国に関する情報を予習していた。

今話しかけてきた初老の男はヴェルトハイム公国の首相。

レオンハルト・オットーだ。

頬がこけた、目の細い男。少し病的なほど肌が白い。背が高く、やけに指が長いのが目立つ。左手の薬指にルビーの指輪をしている。

「もっと日本での短期留学を楽しめばよかったのに」

レオンハルトはいけしゃあしゃあと笑顔を浮かべて言った。

「私もそのつもりだったんですが……」フランシスカは愛想笑いを返す。「『色々』ありまして」

レオンハルトのすぐ後ろに、体格のいい東洋人がいた。謙吾たちには、一目で軍人か元軍人だとわかる。目つき、立ち姿が素人とは違う。肩幅が広く、髪は短く、こめかみと顎に手榴弾の破片が突き刺さった傷跡があった。

「そちらは、どなた?」

フランシスカが、東洋人を見ながら訊ねた。

「私の新しいボディガードですよ」と、レオンハルト。「個人的に契約している会社――バビロン・メディスンから派遣してもらいました」

「エディ・ホーです。よろしく」

東洋人は無表情で名乗った。

「公女様こそ」と、レオンハルトは謙吾に視線をやる。「怪しい連中をまたぞろぞろと引き連れてきましたな」

「………」

怪しい連中、と言われて謙吾が一歩前に出た。不穏《ふおん》な空気を察して、大迫が謙吾の肩を軽くつかんだ。謙吾はレオンハルトとエディを刺《さ》すような視線で睨んだあと、微かにため息をつきながら身を引いた。

「そちらがバビロン・メディスンという会社と契約したように……私もグリークスという会社と契約しました。彼らも、ボディガードですよ」フランシスカが言った。「若いですが、腕利きばかりです」

「戦争を放棄《ほうき》してる日本人が、どこまで役に立ちますかね？」

レオンハルトが挑発してきた。

「まだ、日本が戦国時代と言われていた中世……」謙吾が静かに言う。「あんな小さな島で、数百の国に分かれて覇権《はけん》を争っていた。数十じゃない。数百だ。すさまじい内戦です。他の国じゃ滅多にないことだ。日本人は本来、戦争が得意なんですよ」

「ふん……」

レオンハルトは、少し不機嫌そうに鼻を鳴らした。そして「まあいいでしょう。ではまた、夜にでも」と言い残してエディとともに歩き去っていった。

「……よく我慢《がまん》したな、謙吾」

レオンハルトの背中が見えなくなったのを確認してから、大迫が言った。

「我慢……？」

涼羽にはなんのことかよくわからなかった。

「涼羽ちゃんは気づかなかったかな」

大迫は苦笑《にがわら》いを浮かべ、

「今、謙吾はあの首相と中国人に飛び掛《か》かる寸前だったよ」

フランシスカは自分の執務室《しつむ》へ。セルジュも彼女についていく。

謙吾と彩離は、ゲストルームに入るなり盗聴器を探し始めた。検知器で豪華な部屋の隅から隅まで調べて、窓から注意深く外を観察する。外を観察するのは、レーザーを使った盗聴器も存在するからだ。とりあえずゲストルームの安全を確認してから、ようやくグリークスの面々は落ち着いた。

「さっきの男が、公王・公女勢力の排除を狙ってるわけか」

謙吾が言った。さっきの男とは、公国首相レオンハルト・オットーのことだ。

涼羽がうなずき、

「……わかってるのに、手が出せない」

「ヴェルトハイムは立派な法治国家だからねぇ。反公王だからって、それだけで処刑できるわけじゃない」大きなあくびをしながら大迫は言った。まったく緊張感がないように見えるが、心の中では何を考えているのかわからない。「……結局は、互いの背後についたPMCの代理戦争になる」

「敵の狙いは、公王、公女が持つ力をすべて奪うこと?」

謙吾は、大迫に向かって訊ねた。

「だろうね。悪意を隠そうとしてないよ、あの男は。もう、自分が一線を越《こ》えたことを理解してる。そんな顔だった」

「しかしそれにしても、ここから先どう仕掛《しか》けてくるつもりなのかがわからない……」と、彩離が首をひねった。「見え透《す》いた陰謀《いんぼう》を国際社会が許すわけないぜ？」

「確かに普通なら許されない」

涼羽が嚙《か》みしめるように言った。でも、と言葉をつなぐ。

「国際世論を黙《だま》らせる方法が、ひとつだけあります……『ヴェルトハイムの歯車』です」

「……ヴェルトハイムの歯車？」

彩離の眉間に疑問符が浮かんだ。

「あの男――レオンハルト・オットーの狙いは、ヴェルトハイム公国で権力を握るだけでなく、ヴェルトハイムの歯車を使って世界を動かすこと」

「その歯車ってのは……なんなの？」

訊ねて、彩離はごくりと生唾を飲み込んだ。

「それは……」一拍《いっぱく》間を置いて、涼羽は言う。「実は私もよく知りません」

「あらら。涼羽ちゃんも知らないんだ……」

「噂《うわさ》は聞いたことあるなあ……」

そう言って大迫は髪をぽりぽりとかく。

「初めてその名前が出てくるのは、英仏百年戦争。一四～一五世紀だ。その頃にはもう、ヴェルトハイムは形式こそ違うもののすでに国家として存在していた。『ヴェルトハイムの歯車が動いて、英仏はそのまたぐらをつかまれた』そうだ」

　大迫は続ける。

「そのあとも、大きな戦争のあとには必ず誰かが『ヴェルトハイムの歯車』が動いたと記録している。ナポレオン戦争、第一次、第二次の世界大戦、最近では湾岸戦争でも――。だが、それがなんなのかは誰も知らない。『戦争に関連する何か』なのは間違いないが、そこから先がわからない」

「ヴェルトハイムの歯車は存在します」涼羽は言った。「その正体を知るのは公王様と公女様の二人だけ。そして公女様は、ヴェルトハイムの歯車を相続したら、廃棄《はいき》するつもりです……」

「なるほど」と大迫はうなずき、「だから敵は焦《あせ》ってるのか」。

「それがどんなものであれ、この国の暗黒面を象徴《しょうちょう》するものであることは疑いようがありません。しかし今までの公王は、ヴェルトハイムの歯車が持つ魔力《まりょく》にとりつかれてしまった……世界を陰からコントロールするという魔力です。今は病床《びょうしょう》にある公王様も例外ではありませんでした。でも、公女様はこの国を改革するために様々な困難を乗り越《こ》えてきた。きっと、勇気ある決断を下すはずです……」

「レオンハルトは、公王家からヴェルトハイムの歯車を奪いたい……」大迫は自分のあごをしきりに触《さわ》っている。ものを考えるときの癖だった。「しかし、歯車の正体も隠し場所もわからないのでは奪いようがない。そこで、病気の公王には触れられないから、公女や涼羽ちゃんを必死に拉致しようとしてるってわけか」

4

「……厄介な連中ですよ」

エディ・ホーは、階段をおりながら言った。

少し前を、公国首相のレオンハルト・オットーが進んでいる。

「だろうね、そんな感じだった」

二人は、ヴェルトハイム城の最深部――地下三階に向かっている。

地下三階は、かつて地下牢《ろう》だった区画だ。改装中で立ち入り禁止だが、実際はレオンハルトと彼が雇《やと》ったバビロン・メディスンの傭兵たちの拠点になっていた。

「本当はね……穏便《おんびん》にいくのが一番なんだ」

「もちろんです」

「公王家の人間以外、この国の誰も『ヴェルトハイムの歯車』の正体も隠し場所も知らない。ヨーロッパの暗黒史には必ずその名が出てくる至宝中の至宝……公女様はそれを廃棄なさる気だ。正気ではないよ」

「そのための契約です。バビロン・メディスンは依頼主を裏切らない」

「期待している」

エディ・ホーはベテルギウスのリーダー格だ。主にイラクやアフガニスタンで、正規軍には絶対に真似できない汚い仕事を請け負ってきた。

レオンハルトは平民出身の珍しい政治家である。一応民主化は進んでいるものの、ヴェルトハイムではいまだに貴族制が根強く残っているため彼の出世の道は常人の想像を絶するほど険しいものだった。しかし、その道も首相となったところで行き止まりとなった。絶対的な権力を持つ公王には、逆立ちしても届かないのだ。公女はこの国を変えると言っているが信用ならない。現公王と同じように、いざ権力を握り贅沢三昧《ざんまい》の毎日に浸《ひた》ってしまえば改革の意志など失ってしまうに決まっている。

「私のような政治家が言うのもなんだが……」と、レオンハルトはエディに語りかけた。エディは仕事のこと以外にはあまり興味を持たない人間だとわかっていたので返事は期待しなかった。「政治や権力は必ず腐敗《ふはい》する。大金を持てば知らず知らずのうちに気が狂《くる》う。現実を把握する力が落ちていく。だから私は君が所属する会社——バビロン・メディスンが提唱する『国家民営化』の考え方に全面的に賛同している」

軍隊の民営化が進んでいくこの世紀。

政府の概念《がいねん》を根本的に変えようとしているのが、バビロン・メディスンという会社だ。


地下三階にたどり着いた。昔はかび臭い場所だったが、レオンハルトが出入《でい》りするようになってから通気口と消臭剤《しょうしゅうざい》が設置された。地下の出入《でい》り口には立ち入り禁止の札と鍵がかかっていた。エディが鍵を開けた。

鉄格子の部屋がいくつも並んでいた。看守の休憩所では、他のベテルギウスのメンバーやバビロン・メディスンの特殊部隊が待機している。武器の手入れをしたり、金をかけてポーカーをしたり、リラックスした雰囲気だ。

奥に進んでいくと、血の臭《にお》いがした。牢獄《ろうごく》の一つは使用中だ。

日本で捕《と》らえたグリークスの少女——岩清水《いわしみず》ユキナがそこにいた。

ユキナは下着にロングブーツという屈辱的《くつじょくてき》な姿で、鉄枷《てつかせ》で壁に拘束されていた。両手を大きく横に広げた格好で、まるで十字架《じゅうじか》にはりつけにされた聖人のようだった。連日連夜の尋問で疲れきったらしく、ぐったりとしていた。

ユキナの拷問を担当しているのは、ベテルギウスの中では一番若いショーン・ヤンだった。ショーンは真性のサディストで、こういった仕事にはもってこいの人材。ショーンは、ユキナをいたぶるのに使う大きなハサミをガスバーナーで熱しているところだ。

「女の子にひどいことをするんだな」

レオンハルトはさすがに眉をひそめた。

「これが……ただの女の子じゃないんですよ」

ショーンが、驚きを隠《かく》せない顔で言った。

「普通じゃない？」

「まあ、見ててください」

ショーンは、刃《は》が赤くなるまで熱したハサミを持ってユキナに近づいた。

「そろそろ話す気になったか……『ヴェルトハイムの歯車』について……グリークスについての内部情報でもいい」

「知るわけはないし、知っていても言わない……！」ユキナは雄々《おお》しく吠《ほ》えた。「女一人相手に男が何人も集まって何をやっている！　恥《はじ》を知れ！」

「この状況で、まだ余裕たっぷりの態度だな」

ショーンが、ハサミの刃をユキナの右太腿《ふともも》に刺しいれた。

ジュッ、と肉が焦げる音がして、独特の臭いが鼻をつく。

「いっ……！　ぎっ！」

壮絶《そうぜつ》な激痛に、ユキナは歯を食いしばった。

ショーンは、ハサミをひねって奥に押《お》し込《こ》んだあと、刃を広げて筋肉を切り始めた。柔らかいゴムを切るように、ジョキ、ジョキと不気味な音が鳴る。筋肉が繊維《せんい》に沿って裂《さ》けていく。焦げた皮膚《ひふ》の隙間から血が溢《あふ》れる。

ユキナの全身から汗が噴き出して、顔色が悪くなる。

やがて、ショーンはユキナの体内からゆっくりとハサミを抜いた。その時にはすでに、ユキナの白い太腿に、縦三〇センチほどの赤黒い傷口が生じていた。

「驚くのはここからです」と、ショーン。

「なに……？」

レオンハルトは怪訝そうに目つきを険しくした。

ショーンの言葉通り、ユキナの傷口に驚くべき変化が生じる。

「！」レオンハルトは目を丸くする。

スポンジが膨らむように、ハサミの傷が一瞬でふさがったのだ。

急激な速度で自然に治って、少女の滑らかな肌は元通りだった。

ただ、痛みだけがそこに残った。

「これは……！」

「……『ナイチンゲール』ですよ」

　エディが言った。

「なんだそれは」

「誰が、いつ作り出したのはわかりません。数千年前から存在していたという説もある。実在がはっきりと確認されたのはベトナム戦争の頃。その少女たちは、どんなに傷ついても快復する体を持っていた。多くの研究機関が少女たちの特異体質を研究したが、能力を解明することはできなかった……」

「不死身の体か。実にうらやましい」

「今のところ、他人に移植するのは不可能のようですがね」

「おおかた、どこかのおかしな兵器研究所が作り出した化け物の一種なのだろうが……グリークスはフリークスの集まりか」

　世間の目には触れていないだけで、世界は特異な人間で溢れている。軍が実験で生み出した生体兵器、マッドサイエンティストが許されざる研究の果てに生み出した化け物——。

そんな人間たちのいきつく場所は決まっている。

「死なないし、すぐに再生するっていうのは面白いな」

レオンハルトは、ユキナに近づいた。ユキナの近くには、キャスターがついた台があった。ショーンが用意したもので、上には針やガスバーナーの他にメスやカミソリなど拷問用の道具が並んでいた。レオンハルトはその中から大型のペンチを選んで手にとった。

「指を切り落としてみよう。それでもくっついたら、次は小型チェーンソーで腕を切断だ。眼球をカミソリで抉《えぐ》っても再生するのかな……？　ぞくぞくしてくるな」

「いくらでもやるがいい……！」

レオンハルトがかけてくるプレッシャーを、ユキナは強い瞳で跳《は》ね返した。

「何をやっても無駄だ！」

「それはまあ、それでいいんだよ。今、手段が目的に変化したんだ。政治は結果がすべてだが、趣味は結果よりも過程が重要視される」

ユキナの手は、指を開いた形でワイヤーによって拘束具に固定されていた。レオンハルトは大型ペンチの刃を、ユキナの左手親指の根元に当てた。

ユキナが思わず瞼《まぶた》を閉じると、エディが「ちゃんと目を開けてろ」とユキナの腹を蹴った。胃液が逆流して、ユキナは拘束された体をよじる。たまらず目を開けてしまう。

「いくぞ」

レオンハルトが大型ペンチに力をこめる。

ゴリッ、という不気味な音が響く。指の骨が潰れた鈍《にぶ》い音だ。それから少し遅れて、皮膚と肉が千切れる切断音が続く。

ユキナは、悲鳴をあげたくなかった。悲鳴をあげれば相手を喜ばせるだけだと知っていたからだ。それでも切られた指がぽとりと床に落ちた瞬間、「ひぎっ！」と口から震える声が漏れた。レオンハルトが、今度は右手の人差し指に大型ペンチを当てたのを見て、ユキナの双眸から涙が勝手に零《こぼ》れ落ちた。

「ヴェルトハイムの件が片付いたら――」と、エディが提案した。「この少女――ナイチンゲールは我々バビロン・メディスンがいただいてもよろしいですか？」

「タダ、というわけにはいかん」

「もちろんです。少女がいただければ、こちらは今回の依頼でいただくはずの成功報酬《ほうしゅう》の一切を受け取りません」

「数億ドルがいらないというのか……？」

「もちろん惜《お》しいですが、彼女はバビロン・メディスンに必要なものです」

「実にかわいそうな少女だな……バビロン・メディスンは、保護するつもりでナイチンゲールを集めているわけではないだろう？」

「もちろんです。不死身の体だ。生きたまま何度も解剖《かいぼう》できる」

第六章　平和の寿命、交戦開始

1

ヴェルトハイム城、地下一階駐車場に、グリークスのストライカー装甲車が停《と》めてある。

謙吾《けんご》たちはゲストルームで寝泊まりするが、大迫《おおさこ》やサポートスタッフは緊急事態に備えて駐車場でキャンプだ。

謙吾は、涼羽《すずは》の警護を彩離《あやはな》に任せて一人で地下に来ていた。自分のGENEZ《ジーンズ》をチェックしておくためだ。今ここに停めてあるストライカー装甲車は特別製で、二体のGENEZが搭載されている。

GENEZを着用するのにそれほど時間はかからない。野球のキャッチャーの防具を身につける程度の手間だ。ストライカー装甲車にはスーツの他にも、スーツを着用した状態で使うための重火器も積んであった。

スーツも重火器もサポートスタッフがよく整備してくれている。それはわかっているが、戦闘機乗り《せんとうき》と同じで、最後のチェックは着用者自身が行うものだ。スーツのＤＮＡコンピュータ、人工筋肉の制御系、専用重火器の整備、弾薬の質を確認していく。

謙吾の携帯電話が鳴った。

『よう、謙吾』

電話の相手は、海神《わだつみ》学園パソコン部のコバだった。日本からだ。謙吾の携帯は衛星通信にも対応している。

『調べといたよ。ヴェルトハイムの歯車について』

「聞かせてください」

『ヴェルトハイム公国の首相、レオンハルト・オットーだけど』

「もう会った。うさん臭《くさ》い男だったよ。一目で嘘つきの糞《くそ》野郎だとわかった」

『あいつは公王に秘密で、何度もヴェルトハイム城を探索《たんさく》してるみたいだな。歯車を見つけるためだろう。隠し部屋を調べるために、地中探索レーダーや赤外線調査も行ったらしい。で、その結果は……』

「そこで見つかってたら、涼羽たちが狙われるわけがない」

『その通り。謙吾たちやバビロン・メディスンの連中がそこにいる理由もなくなる』

「そこまでやって見つからなかった、か……もしかしたら、この城にはその『歯車』はないのかもしれませんね」

『でも、その首相さんはヴェルトハイム城だけでなく、国中の怪しい場所を調べたはずだ。もしかしたら……「ヴェルトハイムの歯車」なんて存在しないのかもな』

「いや、それはない」謙吾はすかさず言った。「涼羽の話を聞く限り、公女も歯車の存在自体は否定してないわけだし」

『結局どういうことなんだ？』

「それを、俺も知りたいんだよ」

謙吾は眉間にしわを寄せた。

——わからないことだらけだ。

謙吾が電話を切ると、今度は大迫が話しかけてきた。

「誰と電話してたの？」

「俺がそれを答えなくても……俺の電話は情報部が盗聴してるはずだから、そっちで聞いてください」

「相変わらず身も蓋《ふた》もないね、謙吾は」

「で、俺たちはこれからどうするんですか？」

「こっちから動きたいところだが、何しろこの国は『敵地』と言っていい。下手に動けば墓穴《ぼけつ》を掘《ほ》る。必ず敵が動く。そこに隙が生じる。今は絶対に焦《あせ》るな」

「焦るな、と言われても……」

謙吾は眉をひそめた。ユキナがどんな目にあわされているのか——。いくら死なないとはいっても、情報を引き出すために拷問はされているだろう。それを想像するだけで、謙吾は今すぐにでも怪しい連中と一戦交えたくなる。謙吾はユキナを守ると約束した。それはユキナがナイチンゲールだからとか、アイナに命令されたからとかは関係ない。謙吾は絶対に、ユキナを失いたくない。

「一応、小細工はしておいた」大迫は、謙吾の肩を軽く叩いた。「……ギリギリの綱渡《つなわた》りが続く。俺たちの誰かが焦ったら、その時点で勝てる戦争も勝てなくなる。で、一番焦りそうなのがお前なんだが……」

「大丈夫ですよ……俺は若いですが、新兵じゃない。どんなに焦っても、それを行動に移さないだけの分別はあります」

謙吾が言ったことに嘘はなかった。謙吾は焦っているが、それで知能までが落ちるわけではない。何をするのが正解かはわかっている。

「それにしても……」と、大迫は話題を変えた。謙吾が冷静なのを見て、少し安心したようだった。「やっぱり、ヨーロッパの国は日本とは違うな。この城には、あちこちに第二次世界大戦時に使われていた兵器が残っている。どれもよく手入れされていて良好な状態だ。あの時代の空気を残そうとしている証拠だ」

謙吾も、気分を変えるために新しい話題に乗った。

「日本は戦史博物館が少なすぎますよね。義務教育の授業でも、日本がやった戦争に割《さ》く時間が少なすぎる……まるで傷跡を隠そうとしているみたいで、気持ち悪い」不愉快そうに謙吾は言った。大迫も謙吾も海外で活動することが多いので、どちらも自分がまるで日本人ではないような話し方をしてしまう。

「徴兵制がある国だと、そういうことを真面目に考えてる国民が増えるんだけど……。現実的には、最新の兵器で武装した先進国の軍隊において徴兵制は非効率的なものでしかない。難しいところだ」

「たまに、普通の高校の学生と話すと感覚が違いすぎてびっくりすることがあります」謙吾は言う。「『戦争はいけないことだ』とか言うんだけど、その理由を問い詰《つ》めると返ってこない。他人の言葉でしか語れない。安い日本製戦争映画のメッセージを鵜呑みにしていたりする。でもそれは一種の思考停止なんだ。『なぜ悪いのか？』『なぜ戦争で死ぬと悲しいのか？』――自分の答えを出せる人間を、もっと育てないといけない気がします」

「学生が教師みたいな口をきくんじゃないよ。しかも教師の前で」

　大迫は苦笑いを浮かべた。


　しばらく雑談を交わしたあと、「じゃ、俺はヴェルトハイムの軍関係者と打ち合わせがあるから」と大迫は地下一階駐車場から立ち去った。

　一通りのチェックを終えて、謙吾は装甲車から降りた。地下一階駐車場から階段を使って、城の一階に移動する。

　城の敷地内なら自由に歩き回っていいと公女の許可を得ていたので、謙吾は内庭を一周することにした。もしかしたら、場内で大規模な戦闘を演じるかもしれない。その時に備えて、地形を把握しておきたいのだ。もちろん謙吾はヴェルトハイムを訪れる前に衛星写真などで城の構造は予習済みだが、直接目で見ておくとまた少し違う。

　現在公女の警護にはセルジュが、涼羽の警護には彩離がついている。

　GENEZ《ジーンズ》を使った戦闘になれば、屋上や庭を使うことになるだろう。ハイパワーな強化外骨格戦闘の場合、屋内は狭すぎる。あとで、城の屋上も散歩しておこう――。そんなことを考えながら歩いているうちに、謙吾は城内バラ園の前に差《さ》し掛《か》かっていた。涼羽によれば、三百種以上のバラが栽培され、数百年の伝統があるというバラ園だ。

バラを飾るためのアーチの近くに休憩用のベンチがあったので、謙吾はその右端に腰をおろした。少し足を止めて、建物の形や位置などを頭に刻み込《こ》んでおく。

「…………」

するとバラ園の手入れを担当しているフードを深く被った大男が謙吾の隣に座った。隣といっても、大男はベンチの左端に陣取《じんど》ったので、ある程度の距離があった。涼羽が言っていた。中世の修道士のような彼らは、バラ園の管理だけが仕事で、バラ園の塔で寝泊まりし、ほとんどこの城から出ることはない――。

「観光かね……?」

と、身長二メートル近い大男が話しかけてきた。

顔はやはり見えなかった。きれいな英語だったが、発音にアラブ系の訛《なま》りがあった。体格はがっちりしていて、声の質は老《ふ》けている。五〇歳は過ぎているだろう。

「いえ……『仕事』です」

謙吾も英語で答えた。

「中国人かな? それとも日本人?」

男は質問を続けた。

「日本人です」

「道理で君を見た時、懐かしい感じがしたと思ったよ。パレスチナで勇敢《ゆうかん》な日本人たちと話したことがある。みな血気盛んで頼《たよ》りがいがあった。……ところで日本人の顔は若く見えるものだが……君は？」

「一七歳です」

「本当に若いんだな……意外だったよ。君の雰囲気、何度も修羅場を潜らなければそうはならない。何度も殺されかけて、何人も殺してきた人間の目をしている」

「…………」

相手も同業者か——？　謙吾は警戒して、微かに腰を浮《う》かせた。

「そんなにピリピリしなくていい……私は、バラ園の管理人の一人に過ぎない……」そう言って、大男は疲れきったため息をついた。「君を見かけて、なんとなく昔を思い出したんだ……」

「昔、ですか……」

「昔はこんなに美しいバラ園ではなく、戦場にいたよ」大男は続ける。「若い頃は、正義のために戦っていたと今でも断言できる。しかし年をとってからは違う……戦争と利権は複雑化し、たとえ組織のトップでも全体を把握していることは稀《まれ》だ……」

「現代は複雑化と多様化を避けられません」

「そう、それだ。複雑化と多様化。そしてそれは世界にとってプラスに働くことはなく、むしろ新たな対立と争いを生む。今は悲しい時代だ。君は……ビルが旅客機に突っ込む時代に生まれたことを悲しんだりしたことはあるかい？」

「別にビルに旅客機が突っ込まなくても……」

謙吾は答える。

「真珠湾《しんじゅわん》を急襲《きゅうしゅう》したり、モンゴル帝国《ていこく》が海を越えて攻《せ》めてくることもある。いつの時代に生まれても同じですよ。でも、確かに恐怖が見えにくくなった分、近代になって、国家が持つ『平和の寿命』はさらに短くなったかもしれない」

「『平和の寿命』か……君は若いのに面白いことを言う」

「……そろそろ行きますね」

謙吾は立ち上がった。大男との会話はそれなりに楽しかったが、いつまでもゆっくりしているわけにはいかない。すると、大男が握手を求めてきた。

「本当は禁止されているんだが……君が懐かしい戦士の気配を身にまとっていたのでつい話しかけてしまった。楽しかったよ。では、君に神の加護があるように」

「どうも……神は偉大《いだい》なり」

謙吾は大男の握手に応えた。分厚く、グローブのように大きなてのひらだった。

ヴェルトハイム城公王館の二階、グリークスの面々が宿泊《しゅくはく》するゲストルーム。謙吾がゲストルームに戻ると、涼羽と彩離がいた。

「どうして涼羽と彩離がここに？」謙吾が訊ねると、

「夜の予定で相談があって」彩離が答えた。

「夜の予定……？」

会話しつつ謙吾は、ゲストルームのリビングに無造作に転がしてある自分の荷物に近づいていった。謙吾が上着を脱ぐと、シャツの上にホルスターが装備されていた。革のベルトで固定するショルダーホルスターだ。そこには、ⅢA装備のFN5・7ピストルがあった。

「公女様の帰国を祝うパーティーが開かれるようなんです」と、涼羽。「公女様はパーティーを嫌がったのですが、議員でもある貴族たちがうるさくて断りきれなかったとか」

「『議員でもある貴族』か……」謙吾は苦笑した。日本にいる時はまず聞かない言葉だ。

「まるでスターウォーズ・エピソード1みたいな世界だな」

「あれは『遠い昔、はるかかなたの銀河系』での話だぜ！」

実はSF好きの彩離がすかさず言った。彩離の宝物は出演俳優のサイン入りライトセーバー・レプリカだ。

「まあいい。やるんならこっちも付き合うだけだ」

謙吾は、日本から持ってきた海神学園の校章刺繍入りスポーツバッグを手にとった。中からP90サブマシンガンを取り出す。

P90は、FN5・7ピストルと同じメーカーの製品。弾丸の口径が同じなので弾薬が共有できる。一見武器には見えにくいデザインなので、あまり目立たない方がいい護衛任務などに向いている。

謙吾はP90から半透明《はんとうめい》の弾倉を抜いた。武器の点検だ。5・7ピストルのマガジン容量は二〇発だが、P90は五〇発。火力は十分だ。実弾が詰《つ》まっていることを確認し、弾倉を元に戻す。安全装置がかかっているかも確かめておく。まだ薬室には初弾を装填しない。

「涼羽はパーティーには参加するのか？」

「うーん……まだ考え中。あんまり出る気はしない……」

「そうか……出るにしても出ないにしても、どの道彩離は涼羽から離れないでくれ」

「もちろん」

謙吾は、P90サブマシンガンをスポーツバッグに入れ直した。その時、バッグの端から何かがこぼれ落ちた。足元に転がってきたので、涼羽が拾い上げる。それは、古い携帯ゲーム機だった。初期型のゲームボーイだ。

「お兄ちゃん……こんなところにまでゲームを持ってきてるの？」

涼羽は少し呆れた口調で言った。

「それは、ただのゲームじゃないよ」

と、なぜか謙吾は少し寂《さみ》しげに笑う。

よく見ればそのゲームボーイは表面が焦げていて、銃弾がかすめたような痕跡もあった。

「こんなにボロボロだけど、こいつはまだ動くんだ」

謙吾はゲームボーイの電源を入れた。白黒の画面でテトリスが始まる。

「………………」

その画面を覗《のぞ》き込《こ》む兄の寂しげな表情が、涼羽の胸に魚の小骨のように引っかかった。

2

——夜になった。

公女フランシスカの帰国を祝って、ささやかなパーティーが催《もよお》された。パーティー会場は、体育館のように広い公王館のダンスホールだ。パーティーが催された理由の一つに、高齢《こうれい》で病気がちな公王が、今日は比較的体調がよかったことがあげられる。

国際的な舞踏《ぶとう》会にも使用される立派なダンスホールだ。きらめくシャンデリアは、天井で花が咲いているかのようだった。男性はタキシード、女性はフォーマルドレス。ヨハン・シュトラウス二世の皇帝円舞曲《こうていえんぶきょく》に合わせて、優雅《ゆうが》なウインナーワルツを踊《おど》る。休憩用のテーブル席では、年代物のワインが惜《お》しげもなく振る舞われていた。

フランシスカは「こんなことやってる場合じゃないんだけど……」と言いながらも、渋々参加していた。グリークスの面々——謙吾とセルジュ——も、正装して依頼主の警護に臨んだ。大迫も一応パーティーに来ていたが、高級ワインをここぞとばかりにがぶ飲みしていて警護の数に入れることはできなかった。

「馬子《まご》にも衣装、やな」

謙吾に近づいてきたセルジュが言った。

「うるせー、泥人形《どろにんぎょう》に言われたくねーよ」

「俺をそんじょそこらのゴーレムと一緒にすんなや」

謙吾もセルジュも、体格がいい。背が高く肩幅が広いので、フランシスカが用意してくれたブランドもののタキシードを完璧に着こなしている。その姿は、とても高校生には見えない。

いつもの軽い口ゲンカを繰り広げながらも、二人の目は会場全体に行き届いていた。

「涼羽ちゃんと彩離は居残りか」

「出席を強要するほどのパーティーでもないしな」

「彩離はかわいそうやな」

「ん？　なんで彩離が？」

「あいつはパーティー出たかった思うで。ドレス姿を誰かさんに見せたくて」

「誰かさんって誰だよ？　セルジュの話は時々わけわかんねーな」

「鈍《にぶ》いやっちゃな。彩離はたぶんお前のこと好きやで」

「俺に？　アホか」謙吾は、セルジュの世迷言《よまいごと》を相手にしなかった。「お互《たが》い、優秀な傭兵として尊敬している、大事な仲間で、友人だ。今のを下種《げす》の勘繰《かんぐ》りというんだ」

「なに言ってんねん、お前こそアホか」セルジュが少し怒って言った。口論が白熱してきたが、二人は視線を合わせたりはしなかった。視線は飽《あ》くまで会場警備のため左右に走らせつつ、話を続ける。「彩離とお前は、俺がグリークスに拾われる前からの付き合いやんか。二人で命がけの修羅場潜ったのも一度や二度やないて聞いとるで。それに、えっと……グリークスの実戦部隊じゃ語り草になっとるあの作戦……」

「あれだな。モスクワでの暗殺」

「ちゃうちゃう。別のやつ」

「コンゴのムブジ・マイでやった急襲作戦？」

「それや、それ。相当危なかったらしいやん。彩離助けたかわりに、お前が一時敵対武装組織の捕虜《ほりょ》になって拷問受けたって」

「やめろよ、思い出したくない。あれで俺、永久歯七本も差し歯に変わったんだぜ。指も四本切り取られて、救出と接合手術が間に合わなかったら大変だった」

　そう言って、謙吾は右手をひらひらと振った。親指以外の指の根元には、糸のこぎりで切断された凄まじい傷跡があった。

「そこまでやってくれた男に、多少気持ちが傾いても自然は自然やろ」

「ないない。やっぱりないって。いくら彩離が体育会系のバカで単純極まりない女でも、俺に惚《ほ》れるほどバカじゃないって」

　セルジュが何を言っているのか、謙吾にはさっぱりわからなかった。彩離は頼《たよ》りになる相棒だ。謙吾の前で、彩離がしなを作ったり思わせぶりな態度をとったことは一度もない。だからこそ、二人の関係は良好で任務も上手くこなすことができた。

「お前もわからんやっちゃな」

「とにかく、余計な話は止めろ。今だって、ユキナがどんなひどい目にあっているかわからないんだぞ」

「だからこそ言うとるんや。ユキナも彩離も、みんな命がけでやっとる中で――」

まだまだ口論は続きそうだったが、パーティー会場に動きがあった。

フランシスカが、静かにパーティー会場を離れたのだ。中庭が見えるテラスに出ていった。

「話の途中で悪いが、セルジュ。会場を頼む」

謙吾が追いかける。ちょうどいい、と思った。会場をセルジュに任せたのは、フランシスカと少し話したいことがあったからだ。

謙吾も、公女を追ってテラスに出た。テラスには、白いテーブルと椅子があった。フランシスカは、椅子に座って頬杖《ほおづえ》をつき、夜風にあたってため息をついている。今もヴェルトハイム城上空には無人偵察機の監視《かんし》の目が光っているので、狙撃の心配はない。

「疲れましたか」

そんなフランシスカに、グリークスの大牙謙吾が話しかけた。

「私の警護担当はセルジュさんでは？」

「今は会場にいます。ちなみに、涼羽には仲間の彩離がついていています」

「そうですか……ただでさえ大変な仕事なのに、こんなパーティーにまでつき合わせてしまってごめんなさい……」

　フランシスカはややうつむき加減になり、心の底から申し訳なさそうに言った。

「表向きには『何も起きていない』ことになっている。これでいいんですよ」

「あなたは、涼羽にそっくりなのね」

「…………」

　フランシスカの言葉に、一瞬謙吾の表情が引きつった。だがそれは本当に一瞬のことで、すぐに謙吾の表情はいつもの傭兵らしい隙のないものに戻っていた。

「……似てますかね。妹に」

「論理的で知的なところが兄妹《きょうだい》そっくり」

「妹は俺よりもずっと頭がいいと思いますが……とりあえず、ありがとうございます」

「仲のいい兄妹だと聞いています……」

　テラスに夜風が吹いた。フランシスカのドレスと長い髪が揺《ゆ》れる。

「妹さんが遠い国で働いていることが心配になりませんか？」

「いつも心配してますよ」

「……私については？」と、何かを探るようにフランシスカは訊ねた。

「それはどういう意味でしょう」

「私のような人間の家庭教師をやっていたら、どうしてもトラブルに巻き込まれる機会も増えてしまう。現に、今回も大変な迷惑を……」

「なるほど、そういう意味ですか……別に、それほど気にしていませんよ」

「あら……意外な答え」

「もちろん心配は心配ですよ。世界的なＶＩＰの家庭教師なんて、トラブルとプレッシャーの連続でしょうし。でも、妹はどうやら好きでやっているらしい。家庭教師の仕事に誇《ほこ》りを持っている。第一、涼羽は公女様のことをただの依頼主とは考えていません。涼羽が公女様を見る目は、大事な友達を見つめる目です」

「涼羽……」

謙吾の話を聞いて、フランシスカの瞳が微かに潤《うる》んだ。

「……妹のことは常に守りたいと思っていますが、家族の仕事に過剰《かじょう》な口出しをするのはみっともないかな、と」

「あなたは本当の意味で妹さんを信頼してるのね」

「……たった二人の兄妹ですから」

「外務大臣のお父さんは？」

また、謙吾の表情が固くなった。

「あれは……父親とは呼べません」

「色々大変そうね」

「公女様ほどじゃないですよ」

「……あなたの仲間がさらわれてしまったことは、申し訳なく思っているわ」

「岩清水ユキナ……彼女もグリークスの一員です」謙吾は、噛み締めるように言う。「拷問や戦死のリスクを背負《しょ》ってでも『戦場』で生きていかないといけない人種がいる。俺や彼女のような人間のことです」

「…………」

しばらく無言の時間が過ぎた。謙吾は、自分が傭兵になったばかりの時のことを少し思い出していた。妹と引き離され、居場所《いばしょ》などどこにもなかった。生き残るには強くなるしかなかった。少年兵として一人前になることで、ようやくグリークスの中で生きていく権利を得たのだ。

「……ところで、気になっていることがあるんですが」謙吾は話題を変えて、再びフランシスカに話しかけた。「……日本の高速道路で戦闘が発生した時、公女様の目の前で俺たちのワゴンが爆破《ばくは》されました。そのあとのことです」

「ああ……」

フランシスカはあの時のことを思い出して眉をひそめた。

「どうして公女様は、まったく身動きがとれなくなっていたんですか？」

燃えるグリークスのワゴン。半分に千切れたリムジン——。大声で叫《さけ》ぶ護衛のミリアム。危機が迫っているのは明らかだったのに、フランシスカは炎を見つめたまま人形のように動かなかった。

「強い炎を見ると……思い出してしまうんです。母の死を」

フランシスカはささやくように言った。

それを聞いて、謙吾は「あっ」と声をあげそうになった。うっかりしていた。

そういえば、事前に読んでおいた資料にも書いてあった。

フランシスカの母も、爆弾テロで死んでいる。やはり車に乗り込んだところを狙われたらしく、大牙兄妹の母が死んだ時と状況がよく似ていた。

「……涼羽が、公女様の近くにいたがる理由がわかった気がします」謙吾は、目を細めて言った。「俺たち兄妹も、母をテロで失っている。爆弾です。それで父はおかしくなって、家族が壊れた。あの日から、父にとって俺と涼羽は復讐のための道具になった……」

「謙吾さん……」

「差し出がましいようですが、助言をしてもいいですか」

「……はい」

「ギリシャにこんなことわざがあります。『火を恐れるものは、火に飛び込《こ》め』――」

「火を恐れるものが、火に飛び込む？」

「恐怖の最も簡単な克服《こくふく》方法の一つです。恐怖と対峙《たいじ》し、それに打ち勝てば恐怖からは解放される……」そう言ってから、謙吾は軽く頭を下げた。「依頼主を前に、個人的なことで少ししゃべりすぎました。申し訳ありません」

「いえ……気にせずに。なんだか、ちょっと気持ちが楽になったような気がします」

「最後に、一つお願いがあるんですが……よろしいでしょうか」

謙吾は気持ちを切り替えた。ここから先は「仕事」に関係する話だ。

「なんでしょう？」

「いざという時のために、この城にある『骨董品《こっとうひん》』をいつでも使えるようにしておいて欲しいんですが……」

3

グリークスの面々が使うゲストルームとは別に、涼羽には部屋が与えられていた。正確には「与えられた」のではなく、涼羽は元々この城で暮らしていたので、慣れ親しんだ自分の部屋に戻ってきたのだ。

部屋はリビングと寝室に分かれている。涼羽を守るために、グリークスの彩離がリビングに詰めている。

もちろん涼羽も晩餐会に誘《さそ》われたが、結局行かなかった。涼羽はダンスが大の苦手なのだ。公女の家庭教師として、ヴェルトハイム政府の高官たちに笑顔を振《ふ》りまく気分にもなれなかった。涼羽は、ユキナがさらわれたことにずっと責任を感じ続けていた。

(……私のせいで、さらわれた。私の身代わりになったんだ)

涼羽は寝室のベッドの上で横になり、短い旅行から自分の家に帰ってきたような感覚を味わった。今思い出すと、日本で起きたことが悪い夢としか思えなかった。しかし、涼羽がさらわれそうになったのも、ユキナがさらわれてしまったことも、紛《まぎ》れもなく事実なのだ。これからどうなるかはわからないが、涼羽はとにかく公女と兄を信じるしかなかった。

涼羽は頭がいいかもしれないが、基本的には無力な少女でしかない。

寝転《ねころ》がっていても嫌な考えしか浮かんでこない。涼羽は立ち上がって寝室のデスクに向かった。そこには、デスクトップのパソコンが設置されていた。そういえばメールがたまっているかもしれないと思って、パソコンをたちあげた。メールソフトを開くと、学会関係からのメールが多かった。

「ん……？」

つい最近届いたメールの中に、やけに大きな動画ファイルが添付《てんぷ》されているものがあった。差出人は――「Betelgeuse」。まさか、と思ってメールを開くが本文はなし。仕方なく、動画ファイルを再生してみる。

「――っ！」

うっ、と涼羽は思わず低くうめいた。その動画は、どこかの薄暗い地下室で撮影《さつえい》されたものだった。中心にいるのは、痛々しい下着姿のユキナだ。ユキナは、鋼鉄の重そうな椅子に革のベルトで縛《しば》り付けられていた。

椅子の上で動けないユキナの前に、覆面《ふくめん》で顔を隠した男が二人現れた。一人がユキナの右手をつかんで指を開かせ、もう一人がいかついコンバットナイフを取り出した。嫌な予感がした次の瞬間、男はナイフでユキナの小指を切り落とした。

「！」

カニの甲羅《こうら》をハサミで切ったときのような音がした。しかも、それだけではすまなかった。男は薬指、中指、人差し指、親指の順に、右手の指をすべて切り落としてしまった。

ユキナはぐっと奥歯を噛《か》んで痛みに耐えていた。

「ひどい……！」

急に画面が切り替《か》わって、文字が流れ始めた。

『警護が交替《こうたい》する隙を見つけて、明日の朝までに部屋を抜《ぬ》け出せ』

ご丁寧に日本語だ。

『西側の砲庭で待つ。誰にも連絡するな。上手くやらなければ、明日には人質のバラバラ死体が城の中庭にばらまかれる』

涼羽が泊《と》まっている部屋のリビングで、彩離は一人暇を潰《つぶ》していた。謙吾やセルジュは、今ごろ豪華なパーティー会場の警備だ。涼羽がパーティーに出席しなかったので、当然彩離も居残りとなる。

一応、フランシスカは彩離のドレスも用意してくれていた。しなやかなベロア素材を使った、大人っぽい黒のフォーマルドレス。裾《すそ》からは、柔らかく繊細《せんさい》なチュールレースが覗いている。

「いいドレスじゃん……これ」

海神学園の制服か、作戦時には軍服でいることが多い彩離だ。ずっと戦い続けてきて、気づいたらまともなデートをしたことさえほとんどなかった。当然、ドレスを着たことがあるはずもない。

リビングの隅に姿見があったので、鏡の前で体にドレスをあてた。

「やっぱあたしには似合わないなあ……」

彩離はため息をついた。ドレスを着こなすのにも才能と日々の鍛錬《たんれん》が必要になることを思い知った。素人が実戦で使えるようになるまで、個人差はあるが一日六時間訓練するとして最低二ヶ月はかかる。パーティーで輝くためには、もっと時間がかかるかもしれない。

彩離はドレスを片付けて、ジャケットの下に手を突っ込んだ。ショルダーホルスターから、愛用のシュタイヤーM9拳銃を取り出す。

「あたしには……こっちしかないんだ」

彩離はシュタイヤーM9のマガジンキャッチを押した。するり、と弾倉が本体から抜け落ちる。彩離は弾倉をつかんで中身を確認。ちゃんとアーマー・ピアッシング――徹甲弾が一四発装填されている。

「ドレスなんか見てないで、涼羽ちゃんの警護に集中しなきゃな」

4

深夜二時──。

敵に指示された通り、涼羽は自分の部屋を抜《ぬ》け出した。警護が彩離から謙吾に切り替わるタイミングを選んだ。何度も謙吾に相談しようかと思ったが、できなかった。ユキナが指を切り落とされる光景がまぶたの裏から消えなくて、思考が停止してしまう。指がなくなった右手はあまりにも衝撃的で、涼羽の思考、判断力、すべてを鈍《にぶ》らせた。

公王館の西側に、古い砲台場《ほうだい》を中心にした開けた場所がある。そこが西の砲庭だった。砲台場は半分崩《くず》れかかっていて、朽《く》ちたカルバリン砲が整然と並んでいる。砲庭周辺は観光用に一般にも開放されているが、夜には誰もいなくなる。

「よくきたな」

砲庭に敵がそろっていた。砲台場や瓦礫《がれき》の陰に身を潜めている。

ベテルギウス、と呼ばれる重装甲の兵士が四体。暗視装置や防弾アーマーをつけ、アサルトライフルを構えた特殊部隊が二個分隊二〇人ほど。

(こんなにたくさん侵入してきてるなんて……)

ヴェルトハイム城の警備は厳しいほうだ。中から手引きする人間がいなければこうはいかない。首相のレオンハルトが呼び込《こ》んだのだ。

敵の中でも、やはりベテルギウスは目立っていた。人間を人間以上の「何か」に変える、マルチピード・アーマー。涼羽が海神学園で見たケンタウロスがいた。最初は五体だったベテルギウスも、セルジュが一体倒して今は四体だ。

ケンタウロスの他に、蜘蛛が二体、多頭多足のキメラが一体。ハリウッド映画のCGキャラクターを見ているようで、涼羽には目の前の光景がなかなか現実とは思えなかった。

蜘蛛のマルチピード・アーマーは、まるで小さな戦車だった。四本の足で移動し、四本のアームで武器を持つ。四本のアームのうち、二本は中に入っている操縦者本人の腕で、もう二本は機械制御のロボットアームだろう。

キメラはギリシャ神話に登場する。基本はライオンだが、山羊《やぎ》や蛇《へび》が混ざっている奇妙な生き物のことだ。そのマルチピード・アーマーも四足歩行で、頭部が二つあり、生き物のように動く長い尻尾《しっぽ》を有していた。

キメラの長くて太い尻尾が、一人の少女に巻きついて持ち上げていた。

人質の、岩清水ユキナだ。気を失っている。

涼羽は、ユキナの右手を見た。指がすべてそろっていて、驚く。あの動画は何らかのトリック映像だったのだ。騙《だま》された、と涼羽は唇を噛んだ。今から逃げようにも、銃を向けられているから難しい。

「来ました」

涼羽は鋭く言った。

「約束通り、誰にも話していないようだ」

キメラ型マルチピード・アーマーの男が口を開いた。その声は、間違いなく首相レオンハルトのボディガード、エディ・ホーの声だった。

「どうして誰にも話していない、と?」

涼羽は疑問を口にした。盗聴に関しては、謙吾たちがずいぶん警戒していたのに。

「わかるさ、それくらい。俺たちは城の警備システムに侵入できる。警備システムは個人のプライバシーを尊重したものだから部屋の中の様子まではわからないが、それでも怪しい動きがあれば察知できる」

「城の警備システム……!」その手があったか、と涼羽は思った。廊下には防犯カメラが設置されているし、電話やネットを使った通信の記録は城の警備室でほとんどチェックできる。システムが最先端でも扱うのは人間だ。人間が敵に回れば、システムも敵になる。

首相の手がそこまで伸びていたとは予想外だった。

「あなたは、エディ・ホーですね。レオンハルトに金で雇われてこんなことを？」

「バビロン・メディスンは利益追求団体であり、俺たちはビジネスマンだ。契約を果たすためなら、プロとして必要なことをする」

「私から『ヴェルトハイムの歯車』について聞き出そうとしても、無駄です」

「無理やりにでも吐かせるよ」

「そもそも、私は何も知りません」

「仮にそうだとしても、お前を助けるためならフランシスカ・ヴェルトハイムは秘密を漏らすだろう」

「……っ！」

公女の名が出て、涼羽の頭に血が上った。懐から、護身用のグロックを抜く。

大迫に言われた通り、スライドを引いて薬室に初弾を送り込む。

いつでも撃《う》てる状態にしてから、両手で構えて前方に突き出す。

しかし涼羽が拳銃を取り出したのに、ベテルギウスやバビロン・メディスンの傭兵たちは特に何の反応も示さなかった。

どうせ撃てないと思っているのだ。

「素人《しろうと》さんは、危ないものは振り回さないほうがいい」

エディの言葉で、逆に決心がついた。

涼羽は、キメラ型の頭部を狙ってグロックの引き金を絞った。

銃声と閃光《せんこう》を想像して、涼羽は思わずまぶたを閉じる。

だが――、

「――えっ！」

弾丸は出なかった。

（……不発⁉）

もう一度強く引き金を絞る。やはり、何も起きない。

涼羽は慌ててもう一度スライドを引いた。最初の一発が外に排出《はいしゅつ》されて、次の弾が薬室に送り込まれる。引き金を絞る。これだけやっても、不発。すぐに三度目のチャレンジ。三度目の不発。もう駄目《だめ》だった。

「不発弾《ふはつだん》ばかりとは……グリークスはずいぶん安物《やすもの》の弾薬を使ってるんだな……」と、少し呆れたようにエディ・ホーが言った。「それとも、銃そのものが不良品なのか。どっちにしたってまあ、ろくな話じゃない」

「う……」

悔《くや》しくなって、涼羽は拳銃をエディ・ホーに向かって投げつけた。拳銃はキメラ型マルチピード・アーマーの正面装甲に当たって「ガン」と鈍い音を立てた。スーツをまとったエディが痛がるはずもなかった。

そもそも、あんな重装甲にこんな豆鉄砲《まめでっぽう》は最初から無意味だったのだ。弾が出ていたとしても、結果は変わらなかったろう。ここにきて、ようやく涼羽は自分の判断ミスに気づいた。どんなにユキナのことが心配でも、謙吾たちに相談するべきだった——。

「あと、あんたは俺たちに監禁されて……」と、エディ・ホー。「すべてが片付くのを待ってるだけでいい」

二〇人の傭兵が前に出て、涼羽を取り囲んだ。

自分の軽率な行動を悔《く》やんで、涼羽は唇を嚙み締める。

その時だった。

轟音とともに、夜の闇《やみ》に一条の火線が走った。

「——っ！」

高速で飛翔《ひしょう》する大型の砲弾が、キメラ型マルチピード・アーマーの尻尾の付け根を正確に撃《う》ち抜《ぬ》いた。

火花が散って、鋼鉄の尻尾が千切れる。

尻尾にからみつかれていたユキナの体が地面に落ちた。

いつの間にか、グリークスのストライカー装甲車が少し離れたところに現れていた。

ストライカー装甲車の上には、大型の狙撃銃を構えた謙吾が伏射《ふくしゃ》の姿勢をとっていた。

謙吾はすでにGENEZ《ジーンズ》で身を固めていた。狙撃に使った銃は、ツルベロSR14・5ロングレンジ・スナイパーライフルだった。

キメラの尻尾を千切ったのは、スナイパーライフルからマッハを超える速度で撃ち出された一四・五ミリ×一一四という大型徹甲弾だ。

ボルトアクションで次弾装塡に手間がかかるツルベロSR14・5を捨て、謙吾は個人で携帯するために改良されたブローニングM2重機関銃を構えた。その隣には、左右の手に一丁ずつアサルトライフル——H&KのG3——を持った、やはりGENEZ姿の彩離がいる。

「……どうして!?」

涼羽は、ユキナを人質にして脅《おど》されたことを本当に誰にも伝えていなかった。それらしいヒントや暗号を残すことすら思いつかなかった。

「悪いね、涼羽ちゃん。怖かったでしょ」

ストライカー装甲車の中から、スピーカーを使って大迫が言った。

「飛行機の中で、護身用に渡した拳銃があったはずだ。あれは、本当は拳銃じゃなかった。中には銃の部品に見せかけた発信機、カメラ、録音装置が入ってた。だから、弾は一発も出なかったでしょ？　今までのやり取りはすべて記録させてもらったよ」

「な――！」

大迫の言葉に、今度はベテルギウスが驚く番だった。

「言ったろ、涼羽？　先生はああ見えて優秀な作戦指揮官だって」謙吾が、携帯用ブローニングM2重機関銃の狙いをつけながら言った。「ユキナを人質に使うのはわかりきってたからな。それを逆に利用させてもらったわけだ」

「ああ見えて、は余計だろ」と、不満げに大迫。

「撃てッ」

バビロン・メディスンの傭兵二〇人が、一斉《いっせい》にアサルトライフルを発砲した。傭兵たちは、全員ブルパップのFN・F2000で武装していた。しかしF2000の五・五六ミリ弾では、GENEZやストライカー装甲車にダメージを与えることは不可能だ。

ストライカー装甲車の主武装であるグレネードマシンガンが、大量の催涙弾《さいるいだん》をばらまいた。GENEZやマルチピード・アーマーにはまったく無意味な催涙《さいるい》ガスも、暗視装置しか持ってきていない普通の兵士たちには効果絶大だった。涼羽やユキナも催涙ガスに巻き込まれそうになったが、ストライカー装甲車の中からセルジュが出てきて二人を助けた。

涼羽とユキナを左右の脇に抱えて、装甲車の中に運び込んだのだ。セルジュは、マスクなしでも催涙ガスの中を行動できるようだった。

「ベテルギウス3、ベテルギウス4！　最後の手段だ、ここはいいから公女を確保しろ！」

ベテルギウス1――キメラ型マルチピード・アーマーのエディ・ホーが叫んだ。

ベテルギウスは、ここで二手に分かれた。

「アンダーソン1は公女様を守れ！」

大迫が指示を飛ばした。アンダーソン1とは、セルジュの暗号名だ。

アラクネ型マルチピード・アーマーとケンタウロス型マルチピード・アーマーが、公王館に向かって駆け出した。大迫の罠にはまったことに気づいて、強攻策《きようこう》に切り替えたのだ。

駆け出した二体を、セルジュが追いかける。

残ったベテルギウスの二体と、謙吾と彩離が砲火を交えた。

第七章　互いのGENEZ

1

グリークスのGENEZ《ジーンズ》と、バビロン・メディスンのマルチピード・アーマーはよく似ている。高性能な強化外骨格という点では同じだが、内部――動かすためのシステム――が異なる。

マルチピード・アーマーの駆動《くどう》、制御は機械式だ。そのため重量が増し、それを支えるためにどうしても「多足《マルチピード》」デザインとなる。

それに対して、GENEZは生体部品を多用している。

動かすときも、人間の「遺伝子」を使って直感的な操作が可能だ。

人間は、人間とは呼べない下等な生物から進化してきた。だが、下等な生物だった頃の記憶は、しっかりと遺伝子に刻み込まれている。特殊なDNAコンピュータを使って人間の中で眠っている「獣の部分」を覚醒《かくせい》させ、GENEZ《ジーンズ》の生体部品と装着者が共鳴することで機械に頼《たよ》らない制御が可能になる。マルチピード・アーマーと性能は互角《ごかく》でも、GENEZのほうがずっとコンパクトなのはそのためだ。

GENEZの欠点は、生体部品やDNAコンピュータとの相性——つまり、遺伝子的な適性がないと動かせないということだ。さらに高齢になるとDNAが損傷していることが多いため、着る人間は若者《わかもの》に限定される。「着用する人間を選ぶ」ため、GENEZは量産や大量運用に向いていない。

ベテルギウスは四体。

蜘蛛——アラクネ型が二体、ケンタウロスが一体、キメラが一体。

二体のアラクネ型は、RPG7ロケットランチャーで武装した対戦車用と、多数のマシンガンで武装した分隊支援用だった。対戦車用アラクネが残って、分隊支援用アラクネがケンタウロスを引き連れて西の砲庭を離れた。

「俺はキメラ型の相手をする——」

バットヘッド1——謙吾が彩離や大迫に向かって告げた。

「バットヘッド2は、対戦車用のアラクネを頼む」

「──了解」

剣歯虎《サーベルタイガー》型の謙吾と、恐鳥《モア》型の彩離。

彩離は、高性能過酸化水素エンジンを使ったジェットパックで飛翔した。空中で左右の手に一丁ずつ構えたG3アサルトライフルを連射し、対戦車用アラクネ型マルチピード・アーマーに大量の弾丸を浴びせた。G3の弾丸は跳ね返されたが、牽制《けんせい》目的の射撃だったので問題はなかった。

アラクネ型マルチピード・アーマーは、RPG7ロケットランチャーを二本も装備していた。それを片手で撃つ。ロケットのバックブラスト──後方噴出《ふんしゅつ》ガス──によって、周囲が一瞬昼間のように明るくなる。普通の人間には不可能だが、強化外骨格で筋力が大幅に増大しているので引っくり返らずにすむ。

凄まじい砲声。空気を切り裂《さ》くような、ロケット弾《だん》の鋭い飛翔音。

敵が撃ってきた二発のロケット弾を、彩離は空中で加速してかわした。アラクネ型の左側面に着地して、勢い余って多少横に滑る。

外れたロケット弾が、ヴェルトハイムの城壁に炸裂した。

破片が飛び散って、ドスドスと重い音を立てる。

さっきから警報が鳴っているが、グリークスもバビロン・メディスンも気にしていなかった。ヴェルトハイム公国の軍隊では、GENEZ《ジーンズ》とマルチピード・アーマーの戦いには対応できない。主力戦車ならどちらも破壊できるが、大きすぎて城内に持ち込《こ》めないのだ。ベテルギウスの対戦車用アラクネ型は、四本腕だ。しかも、筋力が桁違《けたちが》いに強い。RPG7を二本装備していても、残った二本の腕で次弾装塡ができる。アラクネ型は背面下部に、発射装薬がついた状態のRPG7用ロケット弾が一二発収納可能な耐火《たいか》・耐水《たいすい》ケースを装備していた。

彩離のGENEZは飛行可能だが、長時間は無理だ。いつまでも逃《に》げ回っているわけにはいかない。

理論上は、GENEZの特殊装甲はRPG7のロケット弾にも耐えられるらしい。ただ、「当たり方」によってはダメージが大きいとのこと。どんな当たり方がまずいのかは「試してみないとわからない」。グリークスの研究スタッフは時々いい加減なことを言う。

マルチピード・アーマーの防御《ぼうぎょ》力はGENEZとほぼ同等。普通のライフル弾では歯が立たない。彩離は接近戦に持ち込《こ》むことにした。彩離の恐鳥型GENEZには、脚部に超硬合金製の「爪」がついている。

アラクネ型がRPGを一発撃った。

彩離はそれを再び飛翔してかわす。

ついさっきまで彩離が立っていた場所に、対戦車ロケット弾が突き刺さった。爆発で、地面に小さなクレーターが生じる。

彩離は左右のG3アサルトライフルを連射した。

アラクネ型ではなく、アラクネ型が持ったRPG7の弾頭《だんとう》を狙っていた。

「――っ！」

発射寸前のロケット弾に、G3のライフル弾が数発着弾。爆発する。RPG7が内側から吹き飛ぶ。RPG7を構えていた左手の指がなくなる。

今の連射で、G3アサルトライフルの弾倉が空になった。彩離は二丁のライフルを放り捨てた。弾倉交換する暇はなかったし、その必要もなかった。

――この爪で、引き裂く！

彩離はジェットパックで飛翔。

高速でアラクネ型に突っ込んで、思い切り蹴りつける。

彩離がまとったGENEZの「爪」が、アラクネ型の胴体《どうたい》後部にめり込んだ。胴体の一部が粉々になって弾《はじ》けた。その衝撃で、二本のロボットアームと重装甲を支えるための三本目の足が宙を舞った。

いくら性能が似ていても、機械部品が多く重量がかさむマルチピード・アーマーはダメージに弱い。足を一本失っただけでも、戦闘の続行が難しくなってしまうのだ。

「そこまでだ。抵抗をやめれば命は奪わない」

彩離は、ハイキックの要領で足を上げて、アラクネ型の眼前に脚部の爪を突きつけた。

「除装しろ」

「………」

命は奪わない、という彩離の言葉を信用して、アラクネ型の操縦者は降伏勧告《こうふくかんこく》に応じた。

一部の装甲を切り離し、マルチピード・アーマーを脱《ぬ》ぎ捨てる。

2

ベテルギウスが二手に分かれた。

「アンダーソン1は公女様を守れ！」

大迫に言われるまでもなかった。

セルジュは、分隊支援用のアラクネ型マルチピード・アーマーと、ケンタウロス型マルチピード・アーマーを追いかけた。

ケンタウロス型には見覚《みおぼ》えがあった。

海神学園でセルジュと戦い、ユキナをさらっていったヤツだ。

セルジュは、二体のマルチピード・アーマーに追いついて並走する。

高速で移動しつつ、アラクネ型は二丁の分隊支援用マシンガン――SIG・MG710――を連射した。横殴《よこなぐ》りの暴風のような大量の弾丸。セルジュは走る速度を緩《ゆる》めずに側転をうち、前転し、大きくジャンプして被弾《ひだん》を最低限にとどめた。戦闘用のゴーレムであるセルジュの運動能力は、生身のままでも人間離《ばな》れしている。

手や足にライフル弾を食らうくらいなら、無視できる。

戦闘用の第三世代ゴーレムであり、同時に人工的な火の精霊使いでもあるセルジュ。定義は色々だが、この場合の精霊とは分子運動に干渉《かんしょう》できる量子世界の生き物だ。

セルジュは右手に高性能爆弾並みの威力を持つ火球を生み出し、走りながら真横に放った。野球で、ショートが軽快にゴロをさばくような動きだった。

セルジュの火球が、アラクネ型の腕を一本吹き飛ばした。

ケンタウロス型は、海神学園を襲撃した時とは装備が違った。装甲車にのせるような、グレネードマシンガンを両手で構えている。グレネードランチャーの弾薬量を増やし、連射できるようにしたのがグレネードマシンガンだ。

ケンタウロス型が持っているのは、中国製のＬＧ３グレネードマシンガンだった。それが、火を噴いた。破片効果を持つ対人グレネードが、セルジュの周囲にばらまかれた。一瞬でセルジュは爆発に包まれた。

「危《あぶ》ないやないか……」

ベテルギウスの傭兵たちは「やった」と確信して走り去ろうとしていた。相手はスーツどころか、防弾ベストの一つも身につけていないのだ――。だが、爆発の中からセルジュの声がしたので驚いて足を止めた。

グレネード弾が生んだ爆発炎の中で、異質な炎が揺《ゆ》らめいていた。セルジュが生み出す炎は、普通の炎よりも形がはっきりしていて時々ゼリーのように見える。そのゼリーが、今は傘《かさ》のように展開してセルジュの体をカバーしている。

「俺の火は防御にも使えるんや」

セルジュは炎の防御を解いて反撃に出た。

左右の手に交互に火球を生み出し、立て続けに放つ。

「！」

やった、と油断していた分、アラクネ型とケンタウロス型の反応が遅れた。アラクネ型に次々と火球が炸裂して、炎に包まれる。鉄が溶《と》け、装甲が散り、用意していた弾薬に引火してしまう。花火工場の爆発にそっくりだった。アラクネ型の戦闘続行は不可能だ。

ケンタウロス型マルチピード・アーマーの男は、セルジュから逃げた。目的はフランシスカ公女だ。グリークスと戦うことではなかった。

夜の古城を半人半馬のシルエットが駆け抜けていく光景は、まるで幻想《げんそう》世界の一場面を切り取ったかのようだった。しかしそのケンタウロスが手に持っているのはグレネードマシンガンという現実的な破壊力であり、ケンタウロスの下半身は半分以上が機械によってできている。

公王館の近くには、城の衛兵たちがいた。衛兵たちは専門の訓練を受けていて、警察でいうとSWATに近い存在だ。SIGのSG550アサルトライフルで武装し、ショットガンや閃光手榴弾も携行《けいこう》していたが、バビロン・メディスンのマルチピード・アーマーに対しては無力だった。

ケンタウロス型マルチピード・アーマーは、一〇人近い衛兵を踏み潰して前に進んだ。マルチピード・アーマーの重量は一トンを超える。踏まれた衛兵の骨は砕《くだ》け肉が潰れて、周囲は一瞬で血の海だ。

扉を体当たりで打ち破って、ケンタウロス型はとうとう公王館の内部に侵入した。公王館の内庭を囲む回廊の一部だ。ここで一瞬立ち止まり、タクティカルインターネットを通して無人偵察機や偵察衛星などのデータを受け取り、公女の位置を確認する。公女をこんな形で拉致すれば大騒《おおさわ》ぎになるだろうが、あとは首相になんとかしてもらうしかない。

ヘルメットに内蔵された作戦データを最新のものに更新《こうしん》。公女は四階を移動中。安全な場所に避難しようとしている。急げば、三階の廊下あたりで公女の身柄《みがら》を押さえられる。

ケンタウロス型が、角の階段を目指して回廊を進み出したその時――、

窓を突き破って、セルジュが飛び込んできた。

「逃がさへんって」

受身《うけみ》を取って立ち上がるセルジュ。

ケンタウロス型は、セルジュを狙ってグレネードマシンガンを連射した。

セルジュは全力でダッシュ。高速で移動するセルジュの周囲に、次々とグレネードが着弾。熱風が渦《うず》を巻き、大量の破片が横殴りの豪雨《ごうう》と化す。そんな破壊の嵐をものともせずに、セルジュはケンタウロスに肉薄する。

間合いが詰まって――、

「――っ！」

セルジュは左右の手を合わせて、一際大きな火球を生んだ。

至近距離で、ケンタウロスに叩きつける。

「がッ！」

たとえ各国の主力戦車でも耐えられないほどの一撃だ。セルジュの火球が、その圧力でケンタウロス型マルチピード・アーマーを吹き飛ばして地面にめり込ませた。この一撃で、ケンタウロスの装甲は九割が溶解《ようかい》。

中身までドロドロに溶けた。

3

最後のベテルギウス――キメラ型マルチピード・アーマーのエディ・ホー。

グリークスのエース、バットヘッド1――剣歯虎《サーベルタイガー》型GENEZ《ジーンズ》の大牙謙吾。

一対一で向かい合う。

「俺のことを覚えてるか……？」

謙吾は言った。

「いいや、さすがにわからんね」

と、エディは肩をすくめてみせる。

「ヘルメットを脱いでくれ。思い出すかもしれん」

「……イラクでは、お前たちの虐殺を止められなかった。今日はここで、あのときの貸しを返してもらう」

謙吾のスーツは灰色。前腕から伸びているのは、特別性超硬合金の長い牙だ。牙の他にも、今回はカスタムしたブローニングM2重機関銃《じゅうきかんじゅう》を用意している。

キメラ型マルチピード・アーマーは、四足歩行だ。獅子《しし》を思わせるいかついヘルメットで守られた操縦者の頭部の他に、背中のあたりから山羊《やぎ》を模した別の頭部が生えている。蛇の尻尾は、謙吾が最初の狙撃ですでに破壊していた。

謙吾は重機関銃を腰《こし》だめに構えて、発砲した。

腹の底まで響くような銃声が鳴り、爆発的な発射炎が連続して輝く。

銃口がどこを狙っているのかは常にヘルメット内部のディスプレイに表示されているので、命中率は高い。

キメラ型の鎧に、大量の着弾。ガガガガッ、と鈍い金属音。

「どうした」

溢れるように火花が生じて――、

「一二・七ミリじゃ尻尾以外の装甲は抜けないぞ」

エディはまだまだ余裕たっぷりだ。

「それは、わかってるさ」

謙吾は重機関銃の照準を修正。キメラ型の頭部に着弾を集める。たとえ装甲を貫通しなくても、頭部には衝撃に弱い部品が集まっている。

「くっ！」

着弾の衝撃でキメラ型のディスプレイやセンサー類が乱れた隙をついて、謙吾は間合いをつめていった。格闘戦の間合いになったところで、謙吾は重機関銃をスリングを使って背中に回し、前腕部の牙でキメラ型の急所を狙う。

「この牙ならどんな分厚い装甲も切り裂《さ》ける！　俺の勝ちだ！」

「そうはさせんッ」

次の瞬間、キメラ型の背中の山羊が咆哮《ほうこう》をあげた。

「!?」

山羊の口から、指向性が強い特殊な「音」が発せられる。

その音を浴びて、謙吾は体のバランス感覚を失った。

嘔吐《おうと》感に支配され、まともに立っていられなくなる。耳鳴りがひどい。

「なっ……！」

謙吾は全力で後方に飛び退《の》いた。五メートルを超えるジャンプで、音を使った奇妙な敵の攻撃から逃《のが》れる。

「音響《おんきよう》兵器か……!?」

離れると、少し楽になってきた。が、まだ足がふらつく。めまいが止まらない。

「その通り。イスラエル製のものを改良した」

音響兵器——。

米軍やイスラエル軍が最近実用化したばかりの非致死性武器だ。米軍では「LRAD」、イスラエルでは「スクリーム」と呼ばれている。

文字《もじ》通《どお》り「音」で敵を行動不能にする。

「高周波と大音響《だいおんきよう》で相手の聴力《ちようりよく》を一時的に奪い、内耳の働きを狂《くる》わせる」エディ・ホーは笑いながら言った。「ヘルメットの防音機能程度じゃ役に立たないぞ」

「……くっ」

「お前は俺に近寄ることすらできない。しかし俺はお前にいくらでも攻撃できる」

謙吾は、背中に回し置いた重機関銃を構え直し、山羊の頭を狙って発砲。

しかし——甲高《かんだか》い金属音が鳴るばかりで、山羊の頭はびくともしない。

「無駄だ。お前が用意した兵器じゃ俺はやれない」

エディの言った通りだった。山羊の頭もそれなりに装甲が厚い。口径二〇ミリ以上の機関砲が欲しいところだが、グリークスのストライカー装甲車は催涙弾《さいるいだん》を装填したグレネードマシンガンしか搭載していない。

GENEZ《ジーンズ》の「牙」が通じない相手は想定外だ。

キメラ型マルチピード・アーマーのエディ・ホーは、M134ミニガンで武装していた。M134ミニガンは多砲身《ほうしん》のガトリングガンタイプで、平均して毎分六千発の弾丸を連射することができる。普段ミニガンは胴体下部に収納されているが、伸縮《しんしゆく》可能な銃架によって正面に展開する。

しかしエディは、ミニガンは使用しなかった。GENEZに、ミニガンの七・六二ミリが通じないことがわかっていたからだ。そのかわり、エディは音響兵器のダメージで足元がおぼつかない謙吾に近づいてシンプルに殴った。右拳で、鉄槌《てっつい》を上から叩きつけるような一撃だ。強化外骨格のパワーで殴れば、それは大口径のライフル弾よりはるかに威力が上だ。

ゴウン、と凄まじい音がして、謙吾が引っくり返った。その上半身が地面に叩きつけられて、数センチ沈む。

「装甲を貫通するのが難しくても……」

そう言いながら、エディは仰向《あおむ》けに倒れた謙吾の右手をつかんだ。足で謙吾の体を踏んで動けなくしてから、つかんだ右手を一気にひねりあげる。GENEZ《ジーンズ》の装甲は大丈夫でも、中身の骨や関節はそうはいかなかった。

「直接打撃による衝撃や関節技は有効だ。強化外骨格戦闘の基本だよ」

謙吾の右腕の骨が不気味な音を立てて、折れた。折れた骨が皮膚を突き破る深刻な骨折だ。謙吾はヘルメットの内側で声にならない悲鳴をあげた。

「お兄ちゃん……！」

「来るな、涼羽！」

気がついたら、涼羽は大迫の制止も聞かずにストライカー装甲車から飛び出していた。

「ちょうどよかった」

エディ・ホーは、前足で謙吾の頭を踏み潰した。

ヘルメットが割れる音がして、涼羽は「ひっ！」と低くうめく。

「このままじゃ公女が逃げるからな」

エディは謙吾から興味を失って涼羽に向かって駆け出した。四足歩行の動きは速い。

涼羽の体が地面から離れる。エディに片手で持ち上げられたのだ。

どんなに涼羽が暴れても、装甲に包まれたエディの腕はびくともしない。

エディは、真《ま》っ直《す》ぐ公王館の壁に突っ込んでいった。

——ぶつかる！

そう思って涼羽が瞼を閉じた次の瞬間、エディは跳んだ。空中で姿勢を制御して、館の壁に前足を突きたてた。踏む力が強いので、鉄筋コンクリートにも簡単に足先が突き刺さった。後ろ足も壁に突き刺して、前足を抜き、前足を先に伸ばしてまた突き刺す。それを交互に行って、どんどん壁を上っていく。

あっという間に、エディは公王館西側の屋上に到達《とうたつ》した。

「切り札は用意しておくもんだな……」

高射砲の陰に何かが置かれていて、防水シートがかけてあった。膨《ふく》らみは軽自動車ほどの大きさだ。シートには英語で「城壁補修用資材」という札がかかっていた。

「手を回してくれたレオンハルトに感謝しないと」

エディが防水シートを乱暴に外すと、鉄骨や高級石材が積まれていた。エディはさらに鉄骨や高級石材もどけた。下にまだ、隠されているものがあった。

特殊合金のケースだ。八桁《けた》のダイヤル錠《じょう》がかかっていた。

「今回の任務のために用意した特殊装備類だ」

エディはダイヤル錠を解除し、合金製ケースを開けた。予備の弾薬、対戦車地雷《じらい》、個人用携帯地対空ミサイルなどが詰まっていた。そんな物騒《ぶっそう》な品物の中からエディが取り出したのは、鋼のワイヤーとプラスチック爆弾《ばくだん》だ。

「さて、と」

ここでようやくエディは涼羽をおろしたが、解放したわけではなかった。すぐにエディは涼羽の体にワイヤーを巻いていった。がんじがらめにして、ワイヤーの両端《りょうたん》をプラスチック爆弾の起爆装置にセットする。

「下手に動いてワイヤーが抜けたら、死ぬぜ」

4

公女フランシスカは、陸軍のミリアム・ギザン、そして数名の衛兵とともに公王館地下の駐車場を目指していた。駐車場から、専用の装甲車で安全な場所まで避難するためだ。公王も、別のルートで避難している。なにしろ病状が悪化しているので、体調が急変しないか心配だ。

ヴェルトハイム城が、まるで内戦状態のようになってしまった。ミリアムの提案で、最《も》寄《より》の陸軍基地に逃げ込むことになった。公王家の人間が城から逃げることにフランシスカは抵抗があったが、バビロン・メディスンやグリークスの戦闘能力は日本で嫌というほど思い知らされた。巻き込まれるわけにはいかなかった。

どこに敵の待ち伏せがあるのかわからないので、秘密の通路で城外に出る。

秘密の通路へは、地下駐車場の隠し扉から入ることができる。隠し扉は銀行にある大金庫の蓋のように分厚く、指紋と静脈認証式ロックがかかっている。公王家の人間がいなければ出入りすることはできない。

フランシスカは、地下駐車場の隠し扉の鍵を開けた。

その時、フランシスカの携帯電話にメールの着信があった。そのアドレスを知っている人間はごく少数しかいないので不審に思い、フランシスカはミリアムと衛兵を先にいかせて自分は立ち止まった。メールを開くと、送信者は涼羽だった。本文はなく、画像が一枚だけ添付されていた。

「！　涼羽……」

涼羽が、ワイヤーで拘束されている。ワイヤーの先には、爆弾らしきものが結びついている。メールを送ってきたのはバビロン・メディスンの人間だろう。涼羽から携帯を奪ったのだ。涼羽がどこにいるのかはすぐにわかった。公王館の屋上だ。

「どうなされました、公女様……？」

ミリアムが振り返って言った。

「……ごめんなさい」

それだけ言って、フランシスカは引き返した。

「公女様！」

ミリアムの制止を振《ふ》り切って、フランシスカは一人だけ地下駐車場に戻り、急いで隠し扉を閉めた。こうすれば、ミリアムたちが追ってくることはない。彼らを締《し》め出したのは、これから屋上に行くと言えば止められるのがわかっていたからだ。

メールに文章は書かれていなかったが、意味は簡単に推測できる。フランシスカが行かなければ、涼羽は爆弾で殺される。

母親に続いて、涼羽までテロで失ったりしたら、もう二度と立ち直れない――フランシスカはそう強く思った。家庭教師――いや、自分の親友も救えない公女が、自分の国を救うことなどできるはずがない。

軽く唇を噛んで、フランシスカは走る。

5

「…………」

謙吾は、血を吐きながら立ち上がった。

ヘルメットが割られて、顔の半分以上が露出《ろしゅつ》していた。

右腕の骨を折られた。痛いなどというものではなかった。短い時間だったが、気絶していたと思う。音響兵器のダメージだろう。ひどい耳鳴りと頭痛が止まらない。

エディが屋上に向かったところまでは覚えている。

「追いかけなきゃな……」

ストライカー装甲車から、ユキナが出てきた。下着姿でエディに拘束《こうそく》されていたユキナは、今は大迫から借りたらしいコートを身につけていた。

「謙吾、鉄のキメラを追いかけるんだろう。私も一緒に」

「危険だ」

「でも……『ナイチンゲール』の力が必要になるかも」

──ナイチンゲール。

確かにそうだ、と謙吾は思った。どんなケガも短時間で再生してしまう正体不明の不死身の少女たち──「ナイチンゲール」。しかも彼女たちの力は、ただ不死身というだけではない。謙吾の戦闘力は普段の半分以下にまで低下している。このままエディとやっても勝つ見込《みこ》みはまるでない。

「……わかった、一緒にいこう」苦虫《にがむし》を噛《か》み潰《つぶ》した顔で謙吾はうなずいた。ユキナと再会してから、一番辛《つら》いのはユキナの力を借りないといけなくなった時だ。彼女とは、もっと普通の関係でいたかった。「……屋上についたら、例のヤツを頼む」

「今じゃなくて大丈夫か？」

「今からだと、時間がもったいない。まだなんとかなる」

謙吾はエディに折られた右腕をかばいつつ、左腕でユキナを抱き上げた。こんなに距離が縮《ちぢ》まれば、いつもの二人なら恥ずかしがるところだが、今は涼羽の命がかかっているのでそんな余裕はなかった。

「バットヘッド1よりビーバスへ」

謙吾は無線を使った。

『こちらビーバス』

と、大迫の声が返ってきた。ビーバスとは作戦司令部を示す暗号だ。ヘルメットは半壊《はんかい》していたが、無線が生きていてくれて助かった、と謙吾は思う。

「今からベテルギウスの残党を追撃《ついげき》する」

『了解、しかし無理はするな。バットヘッド2は燃料補給後すぐに応援にやる』

「アンダーソン1は？」

アンダーソン1——第三世代ゴーレム、セルジュ・ドラグレスク。

『敵を追跡。現在交戦中だ』


その頃、公王館西側屋上——。

「涼羽！」

フランシスカが、単身駆けつけてきた。

不気味な多足歩行の鎧を身につけた敵と、その足元に涼羽がいた。

「……こんな大騒ぎにするつもりはなかった」

エディ・ホーは言った。

「あれだけ殺しておいて、いまさら何を！」

フランシスカは激昂した。城の衛兵たちを——大切な国民を踏みにじられた。そして今、涼羽も傷つけられようとしている。怒りが、活火山の溶岩《ようがん》のようにいくらでも湧《わ》いてくる。すでに噴火《ふんか》寸前だった。

「こっちも商売だ。バビロン・メディスンは手段を選ばない。下手に抵抗したあんたらが悪いんだよ」

エディが悪びれもせずに言った。

「公女様！」と、ワイヤーで身動きの取れない涼羽が悲鳴をあげた。

「安心して、涼羽！　必ず助けるから！」

フランシスカも必死の形相《ぎょうそう》で叫んだ。

「まあ、助けられるかどうかは公女様次第なんだけどな」

とエディは言い、遠隔《えんかく》操作で爆弾の安全装置を解除。

時限式のタイマーが動き始めて、爆発までのカウントダウンが始まる。

「なにしろ時間がないんで、タイムリミットは五分だ」

「そんな……！」

「もうカウントダウンは開始してる。さあ、教えてくれ――」

エディはフランシスカに向かって一歩踏《ふ》み出し、

「ヴェルトハイムの歯車とはなんなんだ」

フランシスカは、母親が吹き飛んだときのことを思い出した。

公王ではなく、確実に王妃《おうひ》一人を狙った暗殺事件だった。高齢で病気がちな公王にかわって、王妃が公用車に乗り込んだ直後の大爆発。フランシスカは館のベランダでそれを見ていた。王妃とその警護にあたっていた四人が死亡して、周囲には焦げた手足やこぼれた内臓が散らばっていた。あれもきっと、レオンハルトの差し金だったのだろう。あの事件を切っ掛けに、フランシスカはこの国を変えることを決意したのだ。

だが今、爆弾で拘束された涼羽を見てフランシスカの心は揺れている。何をどうすれば正解なのか思いつかない。見捨《みす》てるわけにはいかない。しかし、ヴェルトハイムの歯車の正体を教えれば——。

「公女様、言う必要はない」

声がした。謙吾の声。

左腕だけでユキナを抱いた謙吾が、エディが壁にあけた穴を利用して屋上にあがってきていた。

「……また、お前か」

エディは、大げさにため息をついてみせた。最近の日本映画によく登場する、大根役者の悪役演技のようだった。

「ああ。また、俺だ」

謙吾はユキナから手を離す。ユキナは自分の足で立った。

「バットヘッド2、爆弾解除キットを頼む」

涼羽と爆弾を見て、謙吾は無線を使った。

『了解、爆弾解除だな』と、バットヘッド2――彩離からすぐに返信があった。

「お兄ちゃん！」

涼羽の顔は、涙と鼻水でぐしゃぐしゃだった。いきなり爆弾につながったワイヤーで拘束された上に、本来ならば避難しなければいけない公女が涼羽のために駆けつけてきた。涼羽の涙腺に築かれた堤防《ていぼう》を決壊《けっかい》させるのには十分な理由だ。

「平気だ、涼羽――」謙吾は、強く言った。「俺は妹のお前をいつでも信じてる。お前も妹として俺を信じろ。お前の兄は、情けないいじめられっ子だったが――今は、正義の味方なんだ」

「お兄ちゃん……」

涼羽は泣き止んだ。

大牙兄妹は、別れる際にある約束をした。

――お互い、強くなって強く生きよう。

そんな約束だ。

兄は約束を守った。

次は、妹の番だった。

「正義の味方とは大きく出たな……ははッ」エディは謙吾に嘲笑《ちょうしょう》を浴びせた。「だが、お前の右腕の骨は完全に折れてる。それでどうするつもりだ」

「そこは、私がなんとかするんだ」

そう言って、ユキナが謙吾に寄り添《そ》った。

二人は視線を交わし、うなずきあう。

何をする気なのか、謙吾とユキナ以外には誰もわかっていなかった。

次の瞬間、涼羽や公女、エディまでもが自分の目を疑った。

「——な!?」


謙吾とユキナは、キスをした。


唇を重ねた。

涼羽やフランシスカは意味がわからなくて、目を白黒させる。

あまりにも予想外の行動だったので、エディの反応も遅れた。

謙吾とユキナはキスの最中だというのに、どちらも陶然《とうぜん》とした顔はしていなかった。そもそも、ロマンティックには程遠い状況だった。ユキナは切なげに長い睫毛《まつげ》を伏せている。

謙吾は胸で受け止めたユキナのことを慈《いっく》しみつつ、しかしその眼光は戦闘の再開に備えて鋭く尖ったままだ。

お互《たが》いの遺伝子《GENE》を確かめ合うように、キス。

「…………」

二人が唇を離す。

軽くうなずき合うと、変化が起きた。

ゴムをねじるような不気味な音がして、謙吾の右腕が動くようになった。

短時間での自然治癒《ちゆ》——再生したのだ。

「……ナイチンゲールと呼ばれる少女たちがいる。彼女たちは不死身だ」

謙吾は静かな口調で言った。

「知っているさ、散々痛めつけたからな……」と、エディ。

謙吾の眉がぴくん！　と動いた。

「いいか……ナイチンゲールの力は、それだけじゃない」そう言って、謙吾はエディに向けて再生したばかりの右腕を伸ばした。「自分が不死身なだけならナイチンゲールとは呼ばれない。彼女たちがそう呼ばれるのは、他人を不死身にすることができるからだ」

「……なんだと？」

「もちろん、完全な不死身じゃない。ナイチンゲールが誰かとキスをしたあと七分三十二秒間——その間だけ、キスの相手は不死身になるんだ。今の俺のように、ケガも一瞬で治る」

謙吾の話を聞いて、涼羽は海神学園でユキナと交わした会話を思い出した。

『ユキナさんとお兄ちゃんって……今どんな感じなんですか？』

涼羽がそう訊くと、ユキナは答えた。

『付き合ってるかどうかというか、なんというか……とりあえず、この前キスはした』

そして、こう付け加えた。

『でも、あれは事故だった』

あのとき、ユキナは微妙《びみよう》に質問をはぐらかしていた。

今、その意味がわかった。

「七分三十二秒間の不死身、ねえ……」くくっ、とエディは低く笑う。「……時間限定で不死身になったからって、なんだっていうんだ？　お前は俺を倒す方法をまだ見つけていないし。お前の妹はもうすぐ爆弾で吹き飛ぶ。なんなら、妹さんは今すぐ俺が踏み潰してやってもいいんだぜ？」

「どうだろうな……」謙吾は右腕を軽く回しながら言った。「まあ、ここから七分くらい俺は不死身なんだ。気軽にやらせてもらうよ」

「不死身だとしても……」

　エディは、キメラ型マルチピード・アーマーの胴体下部に収納されていたM134ミニガンを正面に展開した。

「こいつで細かい肉片にすれば、再生に時間がかかるだろ」

　ミニガンが火を噴いた。平均一秒間に一〇〇発という猛烈《もうれつ》な勢いで弾丸が撃ち出される。大量の空薬莢《やっきょう》が動けない涼羽の近くに落ちてきてはねる。それが肌に触れると異常に熱い。

　謙吾のGENEZ《ジーンズ》はミニガンの連射も防ぐことが可能だが、それは万全の状態での話だ。スーツはすでにエディとの戦いであちこち傷ついている。

　謙吾は、少なくともユキナだけは傷つくことがないように前に出た。

　被弾を覚悟して両足を踏ん張るが――、

「！」

　ミニガンの攻撃が、謙吾やユキナに届くことはなかった。

　炎の壁が、謙吾やユキナにあたる前に弾丸を溶《と》かしていた。

「間におうた……！」

　セルジュが、階段から屋上に現れたところだった。

「セルジュ……！」

「おうよ！　謙吾、その様子やと不死身になったみたいやな……！」

謙吾とキメラの間に、セルジュは滑《すべ》り込《こ》んだ。すかさずセルジュは両腕を叩き合わせて、発火。巨大な火球を生み出し、振りかぶる。

「邪魔をするな！」

山羊が吼《ほ》えた。音響兵器だ。見えないレーザー光線のように放たれた高周波、大音量がセルジュを貫《つらぬ》いた。

セルジュは音響兵器のことをまだ知らなかったので、炎の壁で防ごうとしてまともに食らった。音は、炎では防げない。

「！　なんやこれ!?」

平衡《へいこう》感覚を失い、強烈な頭痛と耳鳴りに襲われるセルジュに、エディは改めてミニガンの猛射《もうしゃ》を浴びせた。セルジュはよろめく。回避、防御ができない。全身にライフル弾を浴びる。装甲車のような頑丈《がんじょう》さを誇るセルジュだが、数百発の着弾に皮膚や肉が削《けず》られる。

セルジュの体が吹き飛び、地面を転がって壁に叩きつけられる。

「バットヘッド1、お待たせ！」

彩離が、屋上まで飛び上がってきた。階段ではなく、飛行ユニットを使ったのだ。宙を舞う彩離は、アタッシェケースを右手にさげていた。中に入っているのは、ストライカー装甲車に積んであった爆弾解除キットだ。

「これを……！」

彩離は空からアタッシェケースを投げた。

ケースは、ちょうど公女フランシスカの前に落ちる。

「また、小うるさいのが」

エディはつぶやき、音響兵器を空の彩離に向けた。弾丸と違って、どんなに激しい運動をしても音響兵器はかわしにくい。装甲でも防ぎようがない。

「――あッ！」

と悲鳴をあげて、彩離は落下していった。

空中で平衡感覚を失うのは致命的《ちめいてき》だ。バットヘッド2の飛行ユニットは、ただでさえ制御が難しい。

「さあ、残るは死に損ない一人――」

エディは、視線を謙吾に戻した。

「――な？」

そして、意外な光景に驚く。

ヴェルトハイム城の館の屋上には、多数の対空兵器が設置されていた。二〇ミリ、四〇ミリの対空機関砲、そしてドイツ軍の八・八センチ対空砲。第二次大戦中の名残だ。

謙吾は、八・八センチ対空砲――Flak18の閉鎖器《へいさき》の位置まで移動していた。

「8・8《アハトアハト》だと！」

あんな骨董品が撃てるのか――エディは一瞬考えた。

そこが、謙吾の狙い目だった。

第二次世界大戦中、八・八センチ対空砲は対戦車砲《せんしゃほう》としても大活躍《かつやく》した。戦史研究家の中では、当時のドイツで最も優秀な兵器の一つだった、というものも多い。

そのデザインは機能的で余計な装飾がなく、砲兵《ほうへい》たちを守るために大型の盾《たて》がついている。

謙吾はハンドルを忙《いそが》しく回して射角と方位を操作した。なにしろ距離が近い。三〇メートルも離れていない。照準は大雑把でよかった。

そして、ユキナが駆け出していた。猛然《もうぜん》とエディに向かっていく。

エディの近くには、ワイヤーで拘束された涼羽が転がっている。

「涼羽ちゃん……！」

ユキナは涼羽に覆いかぶさった。

不死身であるユキナが、不死身でない涼羽をかばうためだ。

「ユキナさん！」

「謙吾がぶっぱなすぞ！　じっとしてて！」

八・八センチ対空砲にはすでに、徹甲弾が装塡されていた。コッキングレバーも射撃位置になっていた。ユキナが涼羽をカバーしたのを見て、謙吾は「……よし！」と思い切って主撃発レバーを引いた。

「いけっ――！」

この晩、ヴェルトハイム城では様々な砲声があがったが、これより派手なものはなかった。

イギリスやフランスの重戦車もひとたまりもなかった八・八センチ砲である。

発射炎が、真夜中の稲妻《いなずま》のように光った。

徹甲弾が、エディ――キメラ型マルチピード・アーマーを貫通した。

エディはなんとか回避しようと身をひねっていたので、徹甲弾《てっこうだん》は正面ではなく側面に当たった。音響兵器である山羊の頭――そして、胴体後部が木《こ》っ端《ぱ》微塵《みじん》に砕け散る。

「晩餐会の時に、公女様にいつでも使えるようにしておいてほしいと頼んでおいたんだが……役に立ってくれたな」

謙吾は野獣《やじゅう》のように笑って、独りごちた。

間近で砲弾が炸裂して、涼羽はずっと瞼を閉じていた。熱風を肌で感じていた。地震《じしん》のように周囲が揺れていて、涼羽は足に力が入らなくなっていた。

「…………」

ゆっくりと瞼を開けると、ユキナがいた。守ってくれていた。涼羽のかわりにユキナは、背中や足に破片を浴びていた。一番ひどいのは、腹部の傷だった。装甲の破片がユキナの背中から入って、へその近くから先端《せんたん》が飛び出していた。

しかし、彼女はナイチンゲール――。ユキナが自分で破片を取り除くと、瞬《また》く間に傷口はふさがっていった。

「ゆ、ユキナさん……！　私のために、そんな……」

「いいんだ、本当に。私が涼羽ちゃんを守るのがわかっていたから、謙吾もあの大砲《たいほう》を撃つことができた……」

ユキナは、涼羽を安心させるために微笑んだ。

「これがチームワークだ、涼羽ちゃん。『本物のナイチンゲール』――フローレンス・ナイチンゲールはこんなことを言った――。『本当の天使とは美しい花ではなく、苦悩《くのう》するもののために戦うものだ』と。私はナイチンゲールって暗号名を背負っただけのにせものだけど、誰かの役に立つのは嫌いじゃない――」

「すごい……すごいです、ユキナさん……」

兄は昔よりずっと強くなっていた。

だが、ユキナはそれを上回るかもしれないほど強く、凜々《りり》しかった。


「公女様！　ぼんやりするな！」謙吾が、大声で叫んだ。「涼羽を助《たす》けられるのはもうあんただけなんだぞっ！」

――涼羽を、助ける？

徹甲弾の発射に呆然としていたフランシスカが、雷《かみなり》に打たれたように顔をあげた。

「――私が？」

「俺はまだ敵の相手をしなきゃならん。爆弾解除キットの中に、液体窒素《ちっそ》のスプレーが入ってる。それで起爆装置を止められる」

「――っ！」

フランシスカは、彩離が落としたアタッシェケースをあけた。謙吾が言った通り、スプレーガンが入っていた。

「もう時間がない。ユキナの力で涼羽を不死身にする手もあるが、あれは遺伝子的な相性によって効きが悪かったりするから信用はできない。副作用もある」

謙吾は続ける。

「あんたが勇気を出せば、涼羽は助かる――」

「爆弾の心配をしている場合か！」

謙吾とフランシスカの会話を遮って、エディが叫んだ。

大きなダメージを負ったが、エディの生身はほぼ無傷だった。音響兵器を失い、胴体後部を失ったので移動することもできないが、M134ミニガンはまだ健在だった。

謙吾が、ミニガンを構えたエディに向かって突進した。

両腕を頭の前で交差させて、ヘルメットの割れた部分をカバーする。

エディがミニガンの引き金を絞った。轟音、そして猛烈な連射。

弾丸の雨の中を、謙吾は走る。

謙吾のGENEZ《ジーンズ》は、すでにあちこち傷ついていた。装甲の割れ目から弾丸が滑《すべ》り込み、謙吾の体に突き刺さる。だが、今の謙吾はユキナと同じく不死身。恐ろしく痛いが、それだけだ。気合いを入れて前に進めば勝手に傷は癒《い》える。

「貴様ァア！」

エディは絶叫しながら撃ち続ける。

謙吾は無言で突進を続ける。撃たれても止まらない。

三〇メートル、二〇メートル、一〇メートル、間合いは急速に詰まっていき――、至近距離。謙吾は右拳を振るった。装甲と装甲がぶつかって、火花が散り、謙吾の拳を頭部にもらったエディの体がよろめく。ミニガンの射撃が中断される。

謙吾は素早くエディの左腕をつかみ、逆方向に捻《ね》じ曲《ま》げてへし折った。

「衝撃と関節技は、強化外骨格戦闘の基本――だよな？」

「ぐ、がッ……！」

謙吾は半壊したキメラの装甲を引き剝《は》がし、エディを殴り続けた。エディの顎を砕《くだ》き、脇腹《わきばら》をえぐり、手を突っ込んで皮膚を突き破り筋肉を引きちぎる。

そして謙吾は、渾身《こんしん》の力をこめて蹴った。

右のハイキックだ。

暴風のような、ハンマーのような、凄まじい蹴り。

ゴウン！　と爆発的な打撃音が響いて、エディの頭蓋骨《ずがいこつ》が木っ端微塵に砕け散る音が響いた。

バビロン・メディスンの特殊部隊――ベテルギウスが全滅した瞬間だった。

フランシスカは、液体窒素のスプレーを持って涼羽に駆け寄った。

「公女様……！」

「爆弾は私が止める。安心して……！」

「はい！」

勢いよく言ったものの、フランシスカはタイマーを見て膝から崩《くず》れ落ちそうになった。

起爆装置に組み込まれた時限タイマーに表示された残り時間は、わずか九秒。そう、九秒だ。今、目の前で八秒になった。今から誰かにスプレーを渡している余裕はない。本当にフランシスカがやるしかなかった。しかし、本物の爆弾を前にして指が震える。テロで肉片になってしまった母——。

——残り七秒。

涼羽と初めて出会ったとき——。

「あなたは一人なのね」

フランシスカは、涼羽にこんな話をした。

「私もそうなの。私の生活にはすべてがそろっている。でも、母親がテロで爆死したあの日から、私の世界には何もないのと一緒なの」

涼羽がやってきたのは、母が死んでからちょうど一ヶ月ほどたった頃だった。若いフランシスカが、ヴェルトハイム城で孤独を噛み締めていた時期だ。

すると、涼羽はこう答えた。

「私は――あなたに似ていると思います」

涼羽も知っていた。

大事な人間を理不尽《りふじん》に奪われる悲しさと、そのあと訪れる孤独を。


――残り六秒。

フランシスカは、人生最大の恐怖と対峙していた。もうダメだ、とフランシスカは思った。いつの間にか両目から涙が溢れていた。何もかもすべて暴力に奪われていくのだ。涼羽を助けたい。しかし、指が動かない。頭の中は、母を包み込《こ》んでいく爆発炎で埋め尽くされてしまう。

「大丈夫ですよ、フランシスカ……」

涼羽が言った。

拘束されていたが、涼羽は身をよじって顔をフランシスカに近づける。

「涼羽──？」

戸惑うフランシスカの額に、涼羽がキスをした。

「──っ」

涼羽の唇は薄く小さいが柔らかく、フランシスカに少し湿《しめ》った桜の花びらのような感触を与えた。刹那──『火を恐れるものは、火に飛び込め』──そんな大牙謙吾の言葉がフランシスカの脳裏をよぎった。体に強い電流が流れたようだった。謙吾は公女を守るために死闘《しとう》を演じ、涼羽は死闘に巻き込まれて人質にされた。人質にされても、涼羽は気丈に振る舞っている。それどころか、フランシスカを励《はげ》まそうとしている。

（爆弾で母を失った大牙兄妹がこんなに頑張っているのに──）

フランシスカは、思い切って爆弾に向けてスプレーを噴射《ふんしゃ》した。

（私は何をやっているんだ）

たっぷり三秒かけると、タイマーのカウントダウンが止まった。

──残り一秒だった。

「まだ安全だと決まったわけじゃない！」謙吾が叫ぶ。「液体窒素を使っても、数秒遅れて起爆することがある！　爆弾は遠くに投げろ！」

「はい！」

液体窒素に触れて凍傷《とうしょう》を負わないように、フランシスカは上着を脱いで爆弾をくるんだ。思い切って引っ張ると、ワイヤーが抜けた。生きた心地《ここち》がしなかったが、爆発はしなかった。フランシスカは爆弾を内庭に向かって投げた。

謙吾の危惧《きぐ》が的中した。

少し遅れて、起爆装置が作動したのだ。

爆弾は空中で爆発して、バラ園の屋根が吹き飛んだ。

6

「終わった……」

祭りの最後にあがった花火を見上げるように、フランシスカは脱力感《だつりょくかん》とともに言った。

「公女様……!」

爆弾から解放された涼羽は思い切り公女に抱きついた。双眸は、歓喜《かんき》の涙で溢れていた。

フランシスカも、力強く抱き返した。

「私の大事な家庭教師さん……これからも、色々なことを教えてください」

「……はい。もちろんです」

激闘《げきとう》が繰り広げられた屋上に、セルジュと彩離が戻ってきた。どちらもケガを負っていたが、意識ははっきりしていた。

「俺がゴーレムやなかったら死んどったで……」セルジュが言うと、

「スーツもなしでそんだけ撃たれて生きてりゃ上出来じゃねえか……」彩離がうらやましそうに言った。彩離は、すでにヘルメットを脱いでいた。

謙吾は、ユキナに肩を貸している。不死身の代償《だいしょう》は、凄まじい疲労だ。謙吾も、少し気を抜いたら気絶しそうなほど疲れていたが、今は無理をして立っていた。敵は片付けた。休むのは、帰りの飛行機に乗ってからでいい。

少し遅れて、大迫もやってきた。

「みんな生きてるみたいで、よかったよかった」大迫は相変わらずの軽い口調だ。「……これで『ヴェルトハイムの歯車』は守られたわけだ」

「……そうなりますね」

フランシスカは、安堵《あんど》したような悩《なや》んでいるような――複雑な表情でうなずいた。

「公女様はそれを『廃棄《はいき》』するつもりなんでしたっけ」

「……ええ」

「やめといたほうがいいと思いますけどね」

大迫は突然妙なことを言い出した。

「どうしたんですか……先生？」

謙吾は怪訝《けげん》に思って身を乗り出した。ヴェルトハイムの歯車はこの国の暗部だという。そのおかげでヴェルトハイムは力を得たが、血に塗《まみ》れた繁栄に他《ほか》ならない、と。この国の暗部を変革したいという公女の意志に賛同して、グリークスは部隊を動かしたはずだ。

「わかっちゃったんですよ。歯車の正体」

大迫が言った。フランシスカの顔色が青ざめて、謙吾たちは息をのんだ。

その場にいる全員の注目の中、大迫は続ける。

「内庭のバラ園があるだろう？　あそこにいたフードの管理係たち」

「は、はい……」

謙吾たちは驚きの表情のままうなずく。

「彼らこそが、ヴェルトハイムの歯車だったんだ」

「……みんなが公女様や涼羽ちゃんの警護をやってる間、色々と調べさせてもらったよ」

「…………」

公女フランシスカは、黙って大迫の話に耳を傾《かたむ》けている。

「この国はタックスヘイブンで、しかも外国人犯罪者引き渡し条約をどこの国とも結んでいない。そのことが、様々な秘密を生んできた。そんな秘密の中でも、ヴェルトハイムの歯車は特別だ。絶対に隠さなければいけなかった。そこで公女様の先祖は、あることを思いついた。隠すために、あえて隠さないことにしたわけ。バラ園の管理係として、逆にたくさんの人の目に触れるようにしたんだ。伝統ある公国の至宝が『人間』で、しかもそれが堂々と人前に出ているなんて普通は考えない。人間の心理の裏をついたわけだ」

「彼らは……一体何者なんですか？」

謙吾が訊いた。

涼羽は以前こう言っていた——。

『ヴェルトハイムのバラ園では、三百種近くのバラが栽培されています。種類が違えば、咲く時期もずれる。だから、このバラ園は一年中にぎやかなままなんです。数百年も続いてきた伝統なんですよ』

『フードを被った彼らは、バラの手入れだけが仕事です。バラ園近くの塔で寝泊まりし、ほとんどこの城から出ることもありません』

「ヴェルトハイムの歯車ってのは、世界史に残るような戦争犯罪者や独裁者のことだったのさ」

大迫は、懐から紙の束を取り出した。パソコンからプリントアウトしたばかりの、何かのリストだ。

「他の国から見たら戦争犯罪者、独裁者だとしても、その故国にとっては色々な意味で重要な人物だってことは珍しくない。そんな時『殺した』『自殺した』ことにしてどこかに隠しておく必要があった。まあ、そういう人たちは大体超がつく金持ちだしね。生かしておけばどこかで役に立つ」

話しながら、大迫は謙吾にリストを手渡した。

「そこで、ヴェルトハイムが暗躍《あんやく》した。戦争犯罪者や独裁者の死を偽装《ぎそう》し、自分の国にかくまった。そんなことを何百年も続けてきたわけだ」

謙吾は、リストのページをめくった。

「グリークスの情報部が調べ上げてくれたよ。あのバラ園には、かつてナポレオンがいたこともあるらしい」

リストの内容は、謙吾にはにわかに信じがたい内容だった。

情報部が盗撮《とうさつ》した、バラ園の管理係の写真。彼らが暮らしている塔の地下で行われた様々な整形手術の記録。死んだはずの戦争犯罪者や独裁者の記録。それらデータによればバラ園には、イランやアメリカと戦争をして処刑されたはずの独裁者や、ビルに旅客機を突っ込ませた世界一有名なテロリストまでいるという。

「……よくこんな短期間で、そこまで調べましたね」

フランシスカは、感心したように言った。

「俺たちが追っている国際的犯罪者がヴェルトハイム周辺でぷっつりと消息を絶つなんて話はよくあったからね。実はある程度予測できてた」と、大迫。「確信が持てたのは、やっぱり例のバラ園を直接この目で見たときかな」

「保護した方々には、老人化をはじめとする様々な整形手術が施《ほどこ》されていました」

「彼らを見て気づいたんじゃない」

大迫は屋上の縁《ふち》に移動した。そして指差す。

「ちょうど、さっきの爆発でバラ園の屋根が吹き飛んだ」

謙吾たちも、大迫の近くに移動する。

「――っ！」

屋上から内庭を覗き込んで、あっと驚きの声をあげた。

――バラはキレイに円形に配置されていた。その円に沿って、一定間隔でバラを飾るためのアーチとスタンドが大量に並んでいる。真上から見たら、幾何学《きかがく》的な模様を描いていることだろう。

「あのバラ園の花壇やアーチの配置、上から見たら『歯車』になってるんですよ」

「……大迫さんの言う通りです。彼らこそがこの国の闇の歴史『ヴェルトハイムの歯車』」

フランシスカは諦めたように言った。

「戦争犯罪者や独裁者の身柄を保護して、ヴェルトハイムは様々な闇取引《やみとりひき》を行ってきた。私はこの国を変えるために……」

「ヴェルトハイムの歯車を『廃棄』ですか……？」

「くっ……」痛いところをつかれて、フランシスカはうつむく。

そんな公女を心配して、涼羽がぎゅっと彼女の手を握った。

「公女様……」

「涼羽……」

涼羽の手を握り返して、フランシスカは新たな決意とともに微笑む。

「廃棄なんてやめておきましょう……彼らは歯車じゃない、人間です」大迫は、とどめを刺すように言った。「……公女様の指示で人が死んでも喜ぶ人間はいない。急がなくていい、ゆっくり変えてきゃいいんです」

エピローグ

1

広い敷地と自由な校風――。

私立海神《わだつみ》学園高等部の校舎は、背の高い常緑樹林に囲まれている。常緑樹は落葉樹と違い、一年を通してずっと葉をつける。深い緑色の葉が鬱蒼と茂る林は、この学校に通う生徒たちから「まるで城壁だ」と思われている。葉が落ちることなく枯れることもない、海神の城壁。

高等部の校舎から少し離れた場所に、海神学園付属病院が存在する。多数の研究施設や図書館なども含《ふく》む巨大病院だが一般の患者《かんじゃ》は受け付けない。付属病院が受け付けるのは、海神学園の関係者か特殊な事情を背負った専門外来の患者だ。付属病院を構成する白亜《はくあ》の建物は、遠目《とおめ》には神殿《しんでん》のように見える。

岩清水《いわしみず》ユキナは、帰国後付属病院に入院していた。怪我《けが》は「再生」してしまったので完全に健康な状態だったが、学園側の医師たちは「どんなに元気そうでも、普通の人間なら死ぬほどの怪我だったわけだし、久しぶりにアタッカーに力を分け与《あた》えた。体の中で何らかの変化が起きているかもしれないので検査が必要」と言ってユキナを強引に個室に閉じ込《こ》めてしまったのだ。

検査入院中のユキナが心配になって、謙吾《けんご》はお見舞《みま》いに向かった。ユキナには個室が与えられていて、テレビ、ブルーレイ・DVDプレイヤー、家庭用ゲーム機、書籍《しょせき》など暇《ひま》つぶし用の道具は一通りそろっていた。しかしそれでもユキナはすっかり退屈《たいくつ》していたようで――。

「一応お見舞いに来た」

「一応、とはなんだまったく」

ユキナは詰《つ》め将棋《しょうぎ》をやっていた。

謙吾は、ベッドサイドの小さなテーブルにお見舞《みま》いの果物が詰まったかごを置き、傍《かたわ》らのパイプ椅子に腰をおろした。テーブルには他にも、ユキナ用の食器と果物ナイフが置いてあった。

「……今回は本当にすまなかった」

腰をおろすなり、謙吾は頭を下げた。

「ど、どうしたんだ急に」

「ユキナを敵に拉致《らち》された。救出に成功したとはいえ、危ないところだった。——俺たちの責任だ」

「それは……気にするな」

「そうは言っても……」

「私は——」ユキナは、謙吾の言葉を遮った。「自分が『普通の人間』だと思っていた。でも違った。私がただの田舎だと思ってた故郷は、私のような人間を守るため大昔から人目を避けてきた隠《かく》れ里《ざと》だった。突然自分が不死身だってわかって、体を狙われる存在だと知って、何もかもが崩れ落ちるみたいだった——」

「………」

「でも、崩れ落ちる寸前で支えてくれたのは謙吾だ。謙吾がいつもあたしを守るために全力だってわかってる。だから、最終的にこうやって二人とも無事なら……」

「無事なら？」

「ま、まあ……いいだろ、そのへんは……」

「なんだそりゃ、わけわからん」

「そ、それより、果物ありがとう……ちょうど食べたい気分だった」

「ちょっと待ってくれ」

謙吾は、手早くフルーツを切り分けていった。

ただ切るのではない。高度な飾り切りだ。よく見れば謙吾の手に握られているのは普通の果物ナイフではなく、飾り切り用のカービングナイフだった。

「はい。お見舞いのフルーツ」

謙吾が魔法を使ったように、彼の手元でリンゴやオレンジが別の生き物に姿を変えた。リンゴはキレイに四等分されたあと珍しい犬の形になり、オレンジはカンガルーの親子になった。謙吾は、本来ただ捨てるだけの皮も使って、見事《みごと》な装飾を施した。

「誰かが頑張《がんば》ったときにしか飾り切りはやらないんじゃなかったか？」

「今回のユキナで頑張りが足りないのなら、俺がこれをやる機会はなくなっちまうよ」

「謙吾のフルーツの切り方、大好きだ」

「そう言ってもらえるとこっちもやりがいがある」

「欠点は、食べるのがもったいないことだな」

「それは本末転倒《てんとう》ってやつだ……」

2

六月の陽射しが常緑樹林を抜けて高等部の教室に届く。まだ夏には早いのに気温は三〇度を超えた。フィルターの清掃が終わって、エアコンが稼動《かどう》し始めている。

教室に、謙吾、彩離《あやはな》、セルジュ、ユキナの四人が戻ってきていた。ヴェルトハイムでの戦闘が激しかったので、さすがにここ数日は気が抜けたようになっている。

ヴェルトハイムを離れる際、セルジュは思い切って公女フランシスカを口説《くど》こうとしたらしい。その結果がどうなったのかは聞くまでもない。謙吾にとってはセルジュの傷心《しょうしん》などこの世でもっともどうでもいいことの一つだった。

ヴェルトハイム公国では、首相のレオンハルト・オットーが贈収賄疑惑《ぞうしゅうわいぎわく》で辞任した。ベテルギウスと雇《やと》い主を失ったバビロン・メディスンは公国から撤退。グリークスはリスクが大幅に低下したと判断し、公女フランシスカの警護は別チームに引き継がれた。

涼羽は結局、ヴェルトハイムに残った。謙吾とともに海神学園に通う選択肢もあったが、涼羽が家庭教師を続けることを望んだのだ。

「私には公女様が必要で、きっと公女様も私を必要としているから」

というのがその理由だった。謙吾は妹の意志を尊重した。別れ際に涼羽は、「でも、また何かあったらすぐに助けに来てね」と言った。言われなくてももちろん、謙吾はそのつもりだった。

突然、四人は校内放送で学長室に呼び出された。

厳島《いつくしま》アイナと大迫伝次郎《おおさこでんじろう》が学長室にいる。二人は、校内放送で呼び出した謙吾たち四人が到着するのを待っている。

「……今回は危ないところでしたね……」

いつも眠たそうなアイナが、今日は珍しく少し怒ったような声で言った。

「いや、申し訳ない……」

と、大迫はぽりぽり自分の頭をかいている。

「……あなたのチームのミスで、貴重なナイチンゲールを失うところでした……」

「ほんと、これで謝ってすんだら警察も民間軍事会社もいらないというか」

ナイチンゲールの正体は、現在も謎《なぞ》のままだ。

誰が作ったのか、何のために作られたのか——。わかっているのは、彼女たちは人類の歴史を揺《ゆ》るがす可能性を秘めているということ。

「……『ナイチンゲール』の保護は我々グリークスにとって最優先事項《じこう》の一つです」

そもそもグリークスは兵器開発会社であり、スタートは科学者集団だった。

科学の究極の目標の一つ――「不老不死」。

「ナイチンゲールと、彼女たちによって時限つきの不死を得るアタッカー……。この二人を組み合わせることによって完成する究極の個人戦闘ユニット『ギルガメシュ』。ライバルの民間軍事会社が、すでに数組ギルガメシュを確保したという情報もあります……。我々も、これ以上の後《おく》れをとることは避けたい……」

「『不老不死』を巡《めぐ》る民間軍事会社同士の暗闘《あんとう》――いつかこの戦いは、『不死戦線』とでも呼ばれるのかもしれませんな」

学長室に四人がやってきた。

グリークスが誇る学生傭兵たちが、アイナの前に整列する。

大牙謙吾。

セルジュ・ドラグレスク。

堤《つつみ》彩離。

そして……岩《いわ》清《し》水《みず》ユキナ。

「新しい作戦だ」

大迫が四人に向かって告げた。

「場所は？」と、謙吾。

「カフカース地方にある旧ソビエト構成国の一つだ。内戦が激しくなってる」

「任務内容は？」と、セルジュ。

「詳しいことは輸送機の中で説明するよ」

軽く言って、大迫は謙吾やセルジュの肩を叩いた。

「さあ——今日も世界をちょっとだけ平和にしようか」

〈GENEZ-1 ジーンズ 了〉

あとがき

最初担当編集者さんとの打ち合わせがスタートした時、僕は学園ラブコメをやる気満々でした。書いて楽しいテンション高めの甘々なやつを一本！　ごく普通の高校生の男の子が、色々あって可愛い女の子と一つ屋根の下で暮らすことになるという――。

「こう、遅刻しそうになってパンをくわえて走るヒロインとかを出したい」と言ったら、担当さん（女性）がそういうのは「らめぇっ……！」なんて嫌がったので、打ち合わせを重ねていくうちに民間軍事会社《PMC》というキーワードが登場し、いつの間にか世界で戦う学園青春バトルアクションで落ち着きました。ずいぶん変わったけど、まあこれはこれでいいか！

主人公の謙吾《けんご》はゲーム好きです。彼の部屋には、FM-TOWNSやX68000までが置いてあるようです。一番好きなゲームのジャンルはギャルゲー。今は暇を見つけては『アマガミ』でもやっているのかもしれませんね……。彼がゲーム好きになったのには色々と理由があるんですが、次の巻が出せればその話にも触れると思います。

ヒロインのユキナは時代小説をこよなく愛する文武両道の女子高生。一番好きな作家は司馬《しば》遼太郎《りょうたろう》。特に『燃えよ剣』『北斗の人』を読んでいるとすごく興奮するらしいです。

この物語はいわゆる「学園もの」ですが、事件は学園の中では解決しません。事件が始まるのは日本でも、主人公たちは海を越えてグローバルな陰謀に挑《いど》みます。一度こういう、007やインディアナジョーンズの高校生版みたいなものをやってみたかったので、読者のみなさんに楽しんでいただければ幸いです……！

続編を書いていけるとしたら、鍵になるのはやはり主人公たちが所属する「グリークス」のライバル企業「バビロン・メディスン」でしょうか。バビロン・メディスンが推《お》し進《すす》める、第三次世界大戦と国家民営化の野望。新たに登場する「敵」のナイチンゲールとギルガメシュ。そういったものを書いていけたらいいなあなんてぼんやり考えているところです。

最後に、担当編集者の森丘さん、素晴らしいイラストを書いてくださったｍｅｂａｅさんに感謝を。ではまた次の本で。

お便りはこちらへ

〒一〇二―八一四四　東京都千代田区富士見一―一二―一四
富士見書房　ファンタジア文庫編集部気付
深見真（様）宛
mebae（様）宛

次回、アカリナ大活躍！
（アホの子）
…の予感
mebae
でした。

電撃文庫

富士見ファンタジア文庫

GENEZ-1

ジーンズ

平成21年5月25日　初版発行
平成21年9月20日　五版発行

著者——深見《ふかみ》　真《まこと》

発行者——山下直久

発行所——富士見書房
〒102-8144
東京都千代田区富士見1-12-14
http://www.fujimishobo.co.jp
電話　営業　03(3238)8702
　　　編集　03(3238)8585

印刷所——暁印刷
製本所——BBC

ISBN978-4-8291-3407-8 C0193